UNION GÉNÉRALE D'ÉDITIONS
8, rue Garancière – Paris VIe

LE MONASTÈRE HANTÉ

(les Nouvelles Enquêtes du Juge Ti)

PAR

ROBERT VAN GULIK

*Traduit de l'anglais
par Roger* GUERBET

Série « *Grands Détectives* »
dirigée par *Jean-Claude Zylberstein*

La première édition en France de « *The Haunted Monastery* » a
paru en 1963 au Club du livre policier sous le titre : « *les Nouvelles
Enquêtes du Juge Ti* » dans cette traduction de Roger Guerbet

ISBN 2-264-00608-0

LES PERSONNAGES

*Rappelons que le nom de famille
(imprimé ici en majuscules)
précède toujours le nom personnel.*

PERSONNAGES PRINCIPAUX :

TI Jen-tsie,
*Magistrat de Han-yuan, le district dans lequel
se trouve le Monastère du Nuage Matinal.*

TAO Gan, *l'un de ses lieutenants.*

AFFAIRE DU SUPÉRIEUR EMBAUMÉ :

Vraie-Sagesse,
Père-Abbé du Monastère du Nuage Matinal.

Miroir-de-Jade,
Précédent Supérieur du Monastère.

SOUEN Ming,
*Sage taoïste, ex-Précepteur Impérial retiré dans le
Monastère.*

AFFAIRE DE LA PIEUSE POSTULANTE :

Madame PAO, *veuve arrivant de la capitale.*

Rose-Blanche, *sa fille.*

Le poète TSONG Li.

AFFAIRE DU MOINE MOROSE :

KOUAN Lai, *Directeur d'une troupe théâtrale.*

Mademoiselle TING, *une actrice de sa troupe.*

Mademoiselle NGEOU-YANG, *autre actrice de la même troupe.*

MO Mo-té, *un acteur.*

I

Mystérieux conciliabule
dans une vieille tour;
le juge Ti voit une femme nue
à travers une fenêtre qui n'existe pas.

Une violente tempête soufflait sur la montagne
envahie par le crépuscule. Ses rafales venaient
fouetter sans relâche les murailles du vieux
monastère et l'air glacé s'infiltrait partout malgré
les massifs volets de bois. Deux hommes assis
dans une chambre écartée, au dernier étage de la
grande tour, interrompirent un instant leur conversation pour écouter la clameur du vent.

La flamme vacillante d'une bougie fit danser
sur le mur leurs ombres déformées. Jetant un
regard inquiet aux grotesques images, le plus
jeune dit d'une voix lasse :

— Mais pourquoi faut-il que la chose ait lieu
cette nuit?

— Parce que tel est mon bon plaisir, répliqua
flegmatiquement son compagnon. D'ailleurs, la
fête d'aujourd'hui nous offre l'occasion rêvée.

— Avec ces invités qui furètent partout?
demanda dubitativement le premier.

— Vous n'avez pas peur, j'espère? La dernière
fois, vous montriez plus d'enthousiasme!

Le moins âgé des deux hommes ne répondit pas
tout de suite, il écoutait le tonnerre gronder
sourdement au loin et l'averse marteler les con-
trevents.

– Non, je n'ai pas peur, finit-il par dire. Mais, je vous le répète, il me semble avoir déjà rencontré ce visage morose. Où et quand, voilà ce dont je n'arrive pas à me souvenir et c'est ce qui me tracasse.

– Vous m'en voyez désolé, mon cher!

Le ton sarcastique de son interlocuteur fit froncer les sourcils au premier personnage.

– Tâchez de ne pas la tuer, cette fois-ci, murmura-t-il. Les gens pourraient établir un rapprochement et...

– Mais cela dépend uniquement d'elle! coupa celui qui parlait en maître. Se levant, il ajouta : Descendons avant que notre absence soit remarquée, ce n'est pas le moment d'oublier nos rôles.

Son compagnon l'imita, grommelant des paroles que couvrit un second roulement de tonnerre. L'orage se rapprochait.

*
* *

Un peu plus bas, sur la pente montagneuse qui descendait vers Han-yuan, ce même coup de tonnerre fit lever la tête au juge Ti. Il scruta anxieusement le ciel sombre, puis se plaqua de nouveau contre la haute charrette bâchée que ses conducteurs avaient garée à l'abri de la paroi rocheuse surplombant un côté de la route. Après avoir essuyé la pluie qui l'aveuglait, il dit aux deux hommes recroquevillés dans leurs manteaux de paille :

– Puisqu'il est impossible d'atteindre Hanyuan ce soir, nous allons passer la nuit dans la voiture. Nous trouverons bien un peu de riz dans une ferme du voisinage.

Le plus vieux des deux cochers rajusta autour de sa tête le morceau d'étoffe huilée que le vent menaçait d'emporter.

— Ça ne serait pas prudent de rester ici, Votre Excellence, répondit-il. Je connais nos tempêtes d'automne. Celle-ci n'en est qu'à son début; nous aurons bientôt un véritable ouragan et la voiture risquerait d'être précipitée dans le ravin.

— Et nous sommes trop haut pour trouver la moindre ferme, Votre Excellence, renchérit son camarade. Notre seul refuge serait le vieux monastère, mais...

Un éclair illumina le paysage désolé. Le magistrat entrevit les pics escarpés qui les entouraient et, de l'autre côté du ravin, une grande construction qui les dominait de sa masse rougeâtre. Il y eut un coup de tonnerre assourdissant, puis tout redevint ténèbres.

Le juge repoussa sous son manteau ruisselant les longues tresses de sa barbe noire. Après une courte hésitation, il commanda :

Courez jusqu'à ce monastère et dites aux religieux que le Magistrat du district demande l'hospitalité pour cette nuit. Qu'on envoie une douzaine de frères-lais avec des litières closes pour transporter là-haut mes épouses et les bagages.

Le vieux cocher voulut dire quelque chose, mais le juge cria : « Eh bien, qu'attendez-vous? Filez, voyons! »

L'homme haussa des épaules résignées et partit au pas de course avec son camarade. Bientôt leurs lanternes de papier huilé ne furent plus que deux points lumineux qui dansaient dans la nuit.

Le juge chercha à tâtons le marchepied de la charrette, grimpa lestement à l'intérieur et rajusta la toile derrière lui. Ses trois épouses étaient assises sur une pile de couvertures, soigneusement enveloppées dans leurs gros manteaux de voyage, car, si l'épaisse bâche les protégeait de la pluie, elle n'empêchait pas le vent glacial de s'infiltrer dans le véhicule. Blotties entre les bagages, les servantes pâles de frayeur se serraient l'une contre l'autre à chaque roulement de tonnerre.

Le magistrat se laissa tomber sur un coffre à vêtements.

— Vous n'auriez pas dû descendre, remarqua la Première Épouse. A présent vous voilà complètement trempé!

— Je voulais donner un coup de main à Tao Gan et aux cochers, mais nos efforts ont été vains : l'essieu est rompu et il faut le remplacer. Les chevaux n'en peuvent plus et comme la tempête débute seulement, le plus sage est de passer la nuit au Monastère du Nuage Matinal; il n'y a pas d'autre habitation dans le voisinage.

— N'est-ce pas un vaste bâtiment rouge surmonté d'un joli toit de tuiles vertes? demanda la Seconde. Nous l'avons aperçu lors de notre premier passage.

— En effet, répondit le juge. Je crois que nous n'y serons pas trop mal. Ils ont sûrement de quoi accommoder les visiteurs, c'est le plus grand monastère taoïste de la région et les gens y viennent en foule pendant les fêtes religieuses. Prenant la serviette que lui tendait sa Troisième, il s'essuya la barbe et les favoris.

— Oh, nous nous arrangerons toujours! s'écria la Première. Votre honorable oncle nous a tellement gâtées pendant ces vacances dans la capitale qu'une nuit à la dure ne nous fera pas de mal.

Et ce sera très intéressant de visiter un vieux monastère.

— Il y aura peut-être des fantômes... murmura la Troisième en imprimant un frisson un peu exagéré à des épaules qu'elle savait belles.

Le juge Ti fronça les sourcils.

— Ne comptez rien voir d'extraordinaire, dit-il. C'est un monastère comme les autres. Nous souperons dans notre chambre et nous nous coucherons tôt. J'espère qu'on pourra remplacer notre essieu demain à l'aube. En partant aussitôt la réparation terminée, nous serons à Han-yuan pour le riz de midi.

— Je me demande comment vont les petits, soupira la Seconde pour qui la santé des enfants était un perpétuel sujet d'inquiétude.

— Notre brave Hong et l'intendant s'occupent d'eux, répliqua le juge d'un ton rassurant. Il parla de choses et d'autres avec les trois femmes jusqu'au moment où de grands cris annoncèrent l'arrivée des frères-lais; Tao Gan passa son long visage mélancolique entre les plis de la bâche et les informa que quatre litières attendaient les dames.

Épouses et servantes s'installèrent aussitôt sous les capotes de grosse toile et, tandis que les cochers dételaient leurs chevaux, le juge fit rouler par les moines quelques lourdes pierres devant les roues de la charrette.

Le cortège se mit en marche sous la pluie battante. Le juge et Tao Gan qui suivaient à pied furent vite mouillés jusqu'aux os, mais, dans cette tempête, il ne fallait pas songer à ouvrir les parapluies de papier huilé.

Comme ils franchissaient le pont naturel qui enjambait le ravin, Tao Gan demanda :

– N'est-ce pas dans ce monastère que trois jeunes filles sont mortes l'an dernier de mystérieuse façon, et ne projetiez-vous pas, Noble Juge, de vous y rendre un jour ou l'autre pour procéder à une enquête?

– C'est exact, répondit le juge Ti. Si j'avais le choix, je te prie de croire que ce n'est pas là que j'emmènerais mes épouses passer la nuit.

Les porteurs avançaient avec rapidité. Ils gravissaient à présent une sorte d'escalier dont les marches glissantes serpentaient entre de grands arbres. Le magistrat les suivait avec peine et fut tout heureux d'entendre grincer les gonds d'une porte. Quelques instants plus tard, la petite troupe pénétrait dans une avant-cour entourée de murs que les frères-lais traversèrent sans s'arrêter.

Après avoir gravi une nouvelle volée de marches, ils déposèrent leur fardeau sous une grande voûte en briques noircies par les années. Des moines vêtus de robes couleur safran attendaient les visiteurs avec des lanternes et des torches fumeuses.

Lorsque le bruit sourd du grand portail qu'on refermait arriva jusqu'à lui, un frisson secoua le juge. « J'ai attrapé un rhume sous cette maudite pluie », pensa-t-il. A ce moment, un petit moine replet s'avança et dit en s'inclinant très bas :

– Soyez le bienvenu au Monastère du Nuage Matinal, Noble Juge! Je suis le Prieur, et je viens me mettre au service de Votre Excellence.

– J'espère que cette visite inattendue ne vous dérange pas trop, répondit poliment le juge.

C'est un honneur pour notre humble maison, Votre Excellence, un grand honneur, répliqua le religieux en clignant avec rapidité ses yeux protubérants. Votre présence va donner un éclat supplémentaire à une journée déjà bien belle. Notre communauté fête en effet aujourd'hui le deux cent troisième anniversaire de sa fondation.

– J'ignorais cela, j'ai honte de l'avouer, mais je forme des vœux très sincères pour que votre sanctuaire soit à jamais florissant. Une rafale glacée interrompit le juge. Il jeta un regard anxieux à ses épouses que les servantes aidaient à sortir des litières. Ayez la bonté de nous conduire à notre chambre, reprit-il, nous avons besoin de changer de vêtements.

– Mais bien entendu! s'écria le petit Prieur. Suivez-moi. Les guidant vers un couloir obscur, il ajouta : J'espère que les escaliers ne font pas peur à Votre Excellence. Afin de vous épargner une nouvelle promenade sous la pluie, je vous fais faire le grand tour.

Il prit la tête du cortège, dirigeant la lumière de sa lanterne vers le sol de façon à éclairer les marches devant le juge et son lieutenant. Un moine suivait, tenant un lampion au bout d'une perche. Les épouses du magistrat venaient ensuite, et enfin six frères-lais formaient l'arrière-garde avec les bagages suspendus à des balanciers de bambou placés sur leurs épaules. Lorsqu'ils eurent tourné dans le couloir du premier étage, le bruit de la tempête cessa de leur parvenir.

Ces murs doivent être joliment épais, observa le juge.

– On ne regardait pas à la dépense en ce temps-là, dit Tao Gan. Comme un autre escalier s'offrait à eux, il ajouta : mais les architectes abusaient vraiment trop des marches!

Au second étage, le Prieur poussa une lourde

porte et le sifflement de la tempête se fit de nouveau entendre. Des lanternes accrochées aux poutres brunes éclairaient un interminable couloir que bordaient à gauche d'étroites fenêtres.

– Nous sommes maintenant au deuxième étage de l'aile orientale, expliqua leur guide. L'escalier que vous apercevez à gauche descend vers la grande salle du rez-de-chaussée. En prêtant l'oreille, Votre Excellence peut entendre la musique du Mystère que les comédiens interprètent en ce moment.

Le juge Ti écouta poliment. Un bruit lointain de tambours lui parvint, presque aussitôt couvert par le crépitement d'une averse contre les volets. Le vent augmentait de violence. « Décidément, songea-t-il, j'ai bien fait de mettre ma petite troupe à l'abri. »

– Après le tournant que voici, continua le volubile petit Prieur, nous arrivons à l'appartement de Votre Excellence. J'espère que vous ne le trouverez pas trop inconfortable. Je vais conduire ensuite votre lieutenant à sa chambre. Elle se trouve au premier, où nous avons encore d'autres invités.

Le juge se retourna vers ses épouses. Les voyant arriver, il s'apprêtait à suivre le Prieur quand une rafale d'une particulière violence décrocha le volet à sa gauche et l'aspergea d'eau glacée. Maugréant, il se pencha pour le refermer, mais le spectacle qu'il aperçut le fit s'arrêter net.

A six pieds de lui, une fenêtre du bâtiment opposé s'était ouverte aussi, révélant une pièce mal éclairée dans laquelle un homme tentait d'étreindre une femme complètement nue. Le juge voyait seulement le dos puissant de l'homme et le casque de fer qui lui emboîtait le crâne. Quant à la femme, elle se couvrait le visage de sa main droite, et son bras gauche se réduisait à un petit moignon déchiqueté. L'homme lâcha soudain sa victime qui tomba en arrière. A ce moment, le vent arracha le volet des mains du juge Ti et le plaqua brutalement contre son visage. Jurant de nouveau, il le repoussa vite, mais il eut beau écarquiller les yeux, il ne distinguait plus qu'un sombre rideau de pluie.

Quand il eut réussi à refermer le contrevent, Tao Gan et le Prieur étaient à ses côtés. Tout en aidant le magistrat à mettre en place la targette rouillée, le petit religieux murmura tout contrit :

— Votre Excellence aurait dû me laisser m'occuper de cela!

Le juge ne répondit rien, mais, lorsque les femmes et les moines les eurent dépassés, il demanda :

— Quel bâtiment fait face à celui-ci?

— La resserre, Votre Excellence. A présent, nous ferions bien de...

— Il y a un instant, l'interrompit le juge, une de ses fenêtres s'est ouverte, mais quelqu'un a eu vite fait de la refermer!

— Une de ses fenêtres? répéta le Prieur, étonné. Votre Excellence doit faire erreur; la resserre n'a pas de fenêtres de ce côté-ci. Le mur qui nous fait face est absolument plein. Si Votre Excellence veut bien me suivre... nous arrivons à son appartement.

II

*Le juge Ti essaie de retrouver
la fenêtre-fantôme;
un moinillon raconte
une histoire de revenants.*

Le juge suivit leur guide sans rien dire. Sa tête
était douloureuse, ses yeux larmoyaient; il avait
évidemment attrapé un gros rhume et commençait à se sentir fiévreux. L'étrange spectacle
apparu un bref instant à travers le rideau de pluie
n'avait-il été qu'une hallucination? Il jeta un coup
d'œil à son lieutenant : celui-ci ne semblait rien
avoir remarqué d'anormal.

— Va changer de vêtements, lui ordonna-t-il, et
reviens tout de suite.

Le petit Prieur prit congé du magistrat en lui
faisant force courbettes et sortit avec Tao Gan.

Dans la grande antichambre, la Première
Épouse indiquait aux servantes les caisses à
ouvrir tandis que la Seconde et la Troisième
surveillaient les moines occupés à mettre du
charbon dans les braseros. Le juge Ti les regarda
un moment, puis gagna la chambre à coucher.

La vaste pièce contenait seulement quelques
meubles massifs d'un style suranné, et , malgré
les épais rideaux tirés sur les fenêtres, on entendait la tempête faire rage au dehors. Un lit de
dimensions imposantes occupait le mur du fond; il
était clos par de lourdes tentures accrochées à un

18

dais en ébène sculptée qui touchait presque les poutres du plafond. Dans un coin se trouvait une coiffeuse flanquée de quatre tabourets. A part un grand brasero, c'était là tout le mobilier. Un tapis d'un brun passé recouvrait le parquet, et l'ensemble ne faisait pas très accueillant, mais le juge se dit que le brasero une fois garni et les bougies allumées, cela pourrait tout de même aller.

Il tira les rideaux du lit, assez spacieux pour que ses épouses et lui puissent y tenir à l'aise. Au Yamen, les trois femmes ne dormaient jamais ensemble. Chacune avait sa chambre personnelle où il allait rejoindre l'élue du soir, à moins qu'il ne l'invitât à venir chez lui. En fidèle disciple de Confucius, il pensait que cette solution du problème conjugal était la plus décente. De nombreux maris avaient l'habitude de partager un lit unique avec toutes leurs épouses, mais une telle promiscuité ne pouvait qu'affaiblir le respect de soi des femmes et nuire à la bonne harmonie qui doit régner dans une maison. Enfin... en voyage, on ne faisait pas toujours ce qu'on voulait!

Il retourna dans l'antichambre, éternuant à plusieurs reprises.

— Mettez donc cette robe ouatinée, lui dit la Première. Tout bas, elle ajouta : « Dois-je donner un pourboire aux frères-lais? »

— Surtout pas! murmura le juge. Nous ferons une offrande au monastère avant de partir. A voix haute, il répondit : « Cette robe ira parfaitement. »

Quand la Seconde l'eut aidé à mettre le vêtement qu'elle venait de chauffer au-dessus du brasero, il réclama son bonnet de cérémonie en expliquant : « Il faut que j'aille dire quelques mots de politesse au Père-Abbé. »

— Tâchez de revenir le plus tôt possible, l'adjura la Première. Je vais faire du thé bien chaud, puis nous souperons ici. Comme cela vous pourrez vous coucher de bonne heure. Vous êtes blême, je crois que vous commencez un rhume.

— Je remonterai dès que je le pourrai, promit le juge. Je ne me sens pas très bien. J'ai dû prendre froid sous cette maudite pluie.

Il noua une ceinture autour de sa taille, et les trois femmes l'accompagnèrent jusqu'à la porte.

Son mélancolique lieutenant se trouvait déjà dans le couloir. Il avait mis une vieille robe bleue et un petit bonnet en velours râpé. Le novice à la lanterne se tenait près de lui.

— Notre Supérieur attend Votre Excellence dans la salle de réception, annonça-t-il respectueusement.

En arrivant près de la fenêtre à travers laquelle il avait vu l'étrange scène, le juge prêta l'oreille : la pluie tombait avec moins de violence. Il ouvrit le volet et attendit qu'un éclair illuminât le bâtiment opposé. L'éblouissante clarté ne révéla qu'un mur tout uni. Plus haut, deux lucarnes étaient percées dans une tour, mais, à la hauteur du magistrat, la muraille de brique ne présentait aucune ouverture et continuait ainsi jusqu'au sol. Il referma le volet et, d'un ton détaché, dit au novice :

— Quel sale temps! Veuillez avoir l'obligeance de nous mener à la resserre.

Le moinillon lui jeta un regard de surprise.

— Il va falloir descendre deux étages, Votre Excellence, puis prendre le couloir qui relie cette aile du monastère à l'autre corps de logis. Ensuite, il faudra... »

— Nous vous suivons, l'interrompit sèchement le magistrat.

Tao Gan regarda le juge, mais, voyant son visage fermé, il retint la question qui était sur ses lèvres.

Les trois hommes descendirent l'escalier en silence, prirent un étroit couloir, puis grimpèrent de nouveau des marches assez raides avant d'atteindre un palier. Au centre, une ouverture quadrangulaire entourée d'un lattis de bois donnait sur un grand puits sombre. Une entêtante odeur d'encens montait de l'obscurité.

– Nous sommes au-dessus de la nef du Temple, expliqua le novice, exactement à la même hauteur que l'appartement de l'aile orientale où loge Votre Excellence. Enfilant un étroit corridor, il ajouta : Voici le passage qui mène à la resserre.

Le juge s'arrêta un instant pour examiner les hautes fenêtres percées dans le mur de droite. Lissant sa belle barbe noire, il nota que leur rebord était presque au niveau du plancher.

Le novice avait continué son chemin. Il poussa une lourde porte et précéda les visiteurs dans une pièce rectangulaire, assez basse de plafond. Deux bougies éclairaient des piles de ballots et de caisses.

– Pourquoi ces bougies sont-elles allumées? demanda le juge.

– Les moines viennent constamment chercher des accessoires et des costumes de scène, Votre Excellence, répondit le novice en montrant les grands masques de bois et les splendides robes de brocart qui couvraient la cloison de gauche. Celle de droite était occupée par un râtelier garni de lances, hallebardes, tridents, oriflammes et autres articles utilisés dans la représentation des Mystères. Le juge eut beau regarder avec attention, il ne découvrit aucune fenêtre derrière tout ce matériel théâtral. Deux lucarnes s'ouvraient bien dans le mur qui leur faisait face, mais elles devaient donner à l'est, et, par conséquent, faire partie de la muraille extérieure du monastère.

— Allez nous attendre dehors, commanda-t-il au moinillon.

Tao Gan, qui venait d'examiner la pièce en tortillant d'un air songeur les longs poils de sa verrue, baissa la voix pour demander :

— Qu'y a-t-il donc de suspect dans ce grenier, Noble Juge ?

Le magistrat lui décrivit l'étrange spectacle dont il avait été le témoin et conclut : « Le Prieur affirme que cette resserre ne possède pas de fenêtres donnant sur le bâtiment opposé. Je suis obligé de reconnaître qu'il ne ment pas, et pourtant je n'ai pas rêvé ! La blessure de cette femme n'était pas récente car je n'ai pas remarqué de sang. Si j'en avais vu, je me serais précipité ici sans attendre. »

— Les femmes à qui il manque un bras ne doivent pas abonder dans le monastère, répliqua Tao Gan. Nous ne serons pas longs à repérer celle-ci. Votre Excellence n'a-t-elle rien aperçu d'autre ?

— Non. Ne t'ai-je pas dit que la scène avait à peine duré quelques secondes ?

— En tout cas, c'est forcément ici que cela s'est passé. Je vais sonder les murs. Il existe peut-être une ouverture derrière ces lances et ces oriflammes. Peut-être même une ouverture truquée !

Sous le regard attentif du juge, il écarta les bannières poussiéreuses, les hallebardes et les tridents qui encombraient le râtelier d'armes, frappant de temps à autre le mur de son doigt osseux. Ce travail lui rappelait l'époque où, « hôte des rivières et des lacs », il n'avait pas son pareil pour découvrir les passages secrets ou forcer les serrures les plus compliquées.

Au bout de quelques instants, le juge Ti le laissa poursuivre ses recherches et se mit à examiner le mur de gauche. Se frayant un chemin entre les caisses et les sacs amoncelés, il jeta un regard désapprobateur aux masques grotesques qui semblaient le suivre des yeux. Moitié pour lui-même, moitié à l'adresse de son lieutenant, il murmura :

– Quelle extravagante religion, ce Taoïsme! Pourquoi ces cérémonies pompeuses, ces Mystères et toutes ces momeries quand nous possédons les enseignements si clairs et si sages de Confucius? Le seul point en faveur du Taoïsme, c'est son origine purement chinoise. Au moins, il ne nous vient pas de l'Occident barbare comme le Bouddhisme!

– Je suppose que les Taoïstes ont dû fonder leurs monastères et imaginer ces rites étranges pour lutter contre la clique bouddhiste, fit observer Tao Gan.

– Peuh! fit le magistrat. Il avait une forte migraine et, malgré le ouatinage de sa robe, il se sentait peu à peu pénétré par l'humidité glaciale de l'atmosphère.

– Regardez, Noble Juge! s'écria soudain son assistant.

Le juge Ti s'approcha. Dans le coin le plus éloigné de la pièce, à côté d'une grosse armoire, Tao Gan venait de soulever une bannière aux couleurs éclatantes, et, sous le plâtre poussiéreux qui recouvrait les briques, on distinguait nettement le contour d'une fenêtre.

Les deux hommes restèrent un moment silencieux, puis, jetant un coup d'œil timide à son maître toujours impassible, Tao Gan murmura :

– Il a bien existé une fenêtre à cet endroit, Votre Excellence, mais elle est murée depuis longtemps.

La voix de son lieutenant fit tressaillir le juge.

– Nous sommes près de l'angle du bâtiment, dit-il, donc en face de la fenêtre où je me trouvais tout à l'heure.

Tao Gan tapota le mur qui rendit un son plein. A l'aide de son couteau, il fit tomber le plâtre qui masquait les briques et enfonça la lame dans l'un des joints, puis il explora de la même façon le contour de l'ancienne fenêtre. Secouant la tête d'un air perplexe, il finit par dire :

– C'est un très vieux monastère, Votre Excellence. J'ai entendu dire que des choses inexplicables se produisaient parfois en de tels endroits. Des personnes dignes de foi affirment avoir vu s'y dérouler à nouveau sous leurs yeux des scènes vieilles de plusieurs siècles, et, peut-être... Il n'acheva pas sa phrase.

Le juge se passa la main sur le front. Il répliqua d'un ton pensif :

– Le casque de l'homme que j'ai vu lui emboîtait étroitement le crâne. Il y a des centaines d'années que nos soldats n'en portent plus de semblables. J'avoue que cela est étrange, Tao Gan. Il resta un moment songeur, puis murmura : « Il me semble avoir aperçu une armure de la même époque que ce casque parmi les costumes de scène. Tiens... la voilà! »

Il s'approcha d'une cotte de mailles accrochée sous les masques grimaçants. Ses épaulières représentaient deux dragons ramassés pour bondir. A côté, se trouvaient une paire de gantelets de fer et un long fourreau vide.

– Le petit casque rond qui accompagne d'ordinaire ce genre d'armure n'est pas là, constata-t-il.

– Beaucoup de ces costumes sont incomplets, Votre Excellence.

Sans écouter son lieutenant, le magistrat poursuivit :

– Je n'ai pas eu le temps d'examiner le vêtement de l'inconnu, un vêtement sombre, m'a-t-il semblé, mais l'homme était plutôt grand, avec de larges épaules. Jetant un coup d'œil inquiet à son compagnon, il s'écria : « Auguste Ciel, Tao Gan, est-ce que j'ai vu un fantôme? »

– Je vais mesurer l'épaisseur des fenêtres du couloir, Votre Excellence.

Un frisson secoua le juge. Il se serra frileusement dans sa robe et, sortant de sa manche un mouchoir de soie, il essuya ses yeux larmoyants. Il avait une forte fièvre, cela ne faisait aucun doute. Mais alors, le spectacle de tout à l'heure n'aurait-il été vraiment qu'une hallucination?

Tao Gan reparut.

– Le mur a bien l'épaisseur que j'imaginais, dit-il. Au moins quatre pieds. Ce n'est tout de même pas suffisant pour dissimuler une chambre secrète dans laquelle un homme puisse folâtrer avec une femme nue!

– Non, évidemment, admit le juge.

Il se tourna vers la vieille armoire. Sur sa porte laquée de noir, deux dragons se faisaient face au milieu de flammes stylisées. Le juge l'ouvrit. Elle ne contenait qu'une pile de capuchons soigneusement pliés et le motif des deux dragons se répétait sur la paroi du fond. « C'est une belle pièce ancienne », murmura-t-il. Poussant un gros soupir, il ajouta : « Mais oublions ce que j'ai vu – ou cru voir – et revenons aux affaires en cours. L'an dernier, trois jeunes filles sont passées de vie à trépas dans ce monastère. L'an dernier, Tao Gan... pas il y a un siècle ou deux! L'une s'appelait Liou et est morte de maladie; la seconde, Mademoiselle Gao s'est suicidée; la troisième, Mademoiselle Houang, a été victime d'un accident. C'est du moins ce qu'on nous a écrit. Je vais profiter de mon séjour ici pour demander quelques précisions au Supérieur. Allons le trouver.

Dans le couloir, le novice, très pâle, regardait droit devant lui en écarquillant les yeux.

— Qu'y a-t-il donc? demanda le juge.

— J'ai cru apercevoir quelqu'un.

— Ne nous avez-vous pas dit que les moines empruntent constamment ce passage?

— Oui, Votre Excellence. Mais il s'agissait d'un soldat.

— Un soldat?

Le moinillon inclina la tête affirmativement. Après avoir tendu l'oreille un instant, il expliqua d'une voix blanche :

— Il y a cent ans, des rebelles se retranchèrent dans ce monastère avec leurs familles. L'armée reprit la place et massacra tout le monde : hommes, femmes, enfants. Les yeux agrandis par la peur, il regarda le juge et ajouta : « On dit que par les nuits de tempête comme celle-ci, leurs fantômes viennent revivre ces terribles minutes. Votre Excellence n'entend-elle rien? »

Le juge Ti prêta l'oreille.

— Seulement la pluie, dit-il avec mauvaise humeur. Descendons, il y a trop de courants d'air par ici!

III

Le juge Ti pose d'embarrassantes
questions au Père-Abbé;
le religieux fait l'éloge des Mystères.

Après avoir suivi le novice à travers un dédale
de passages et d'escaliers, le juge Ti et son
lieutenant se retrouvèrent enfin dans une galerie
du rez-de-chaussée. Elle était bordée de pilastres
vermillons qu'un habile artiste avait décorés de
dragons en bois doré s'ébattant au milieu de
nuages. Le parquet luisait d'un sombre éclat, poli
par les chaussons de feutre d'innombrables géné-
rations de moines. En passant devant la salle des
fêtes, le juge dit à Tao Gan :

– Pendant que je présente mes respects au
Père-Abbé, va trouver le Prieur et dis-lui que
notre essieu s'est rompu. J'espère qu'il pourra le
faire réparer ce soir-même. Baissant la voix, il
ajouta : « Et tâche de me dénicher un plan de
cette sinistre bâtisse. »

Le parloir était tout près de la salle principale.
Quand le novice le fit entrer, le juge poussa un
soupir de satisfaction en apercevant le brasero
garni de braises incandescentes et les épaisses
tentures qui retenaient dans la pièce l'agréable
chaleur.

Un homme grand et mince se leva d'une
couche en bois doré et s'avança vers le magistrat.

De mine imposante, une ample robe de brocart jaune aux plis flottants et une tiare ornée de glands rouges le rendaient plus majestueux encore. Tandis qu'il souhaitait la bienvenue au juge, celui-ci nota que le Père-Abbé avait des yeux couleur ardoise, étrangement fixes dans un austère et long visage terminé par une maigre barbiche.

Tous deux prirent place dans des fauteuils à hauts dossiers, et le novice prépara le thé sur une table de laque rouge.

– Je suis confus de vous déranger pendant vos fêtes commémoratives, dit le magistrat. Je crains que notre présence ne soit pour vous une source d'embarras.

Bien que le regard impassible du religieux fût dirigé vers lui, le juge avait la curieuse impression que son hôte ne le voyait pas et qu'il était perdu dans une sorte de contemplation intérieure.

Haussant les sourcils, le Père-Abbé répondit cependant d'une voix grave :

– La visite de Votre Excellence ne nous dérange pas le moins du monde. Dans l'aile orientale de notre monastère une quarantaine d'appartements sont réservés aux personnes qui veulent bien nous honorer de leur visite... mais aucun n'est digne d'abriter un hôte aussi éminent que notre Magistrat!

– Mon appartement est parfait, protesta le juge en prenant la tasse que le novice lui offrait respectueusement des deux mains. Un lancinant mal de tête l'empêchait de trouver les phrases courtoises réclamées par les circonstances, aussi décida-t-il d'aller droit au fait. «Depuis mon arrivée à Han-yuan, dit-il, je brûle de visiter ce monastère renommé entre tous, mais, hélas, de

28

pressantes besognes administratives m'ont toujours retenu en ville. Le désir de recevoir vos
précieux enseignements et d'admirer la splendeur
de ces constructions anciennes n'était cependant
pas la seule chose qui me poussait à entreprendre
ce voyage, je projetais en outre d'interroger Votre
Sainteté sur quelques points particuliers. »

– Mes humbles connaissances sont à l'entière
disposition de Votre Excellence. De quoi s'agit-
il?

– J'aimerais avoir des renseignements supplémentaires sur les trois décès survenus chez vous
l'an dernier. Simplement pour mettre mes dossiers à jour, bien entendu.

L'Abbé fit signe au moinillon de quitter la
pièce. Quand la porte se fut refermée, il dit en
souriant :

– Une centaine de moines vivent dans ces
murs, Votre Excellence, sans compter les novices,
les frères-lais et les visiteurs qui nous honorent
parfois de leur présence. La durée de la vie
humaine étant limitée, les gens tombent malades
et meurent ici comme partout ailleurs. A quelles
morts Votre Excellence fait-elle particulièrement
allusion?

– En examinant les archives du tribunal, j'ai
trouvé, parmi les actes de décès envoyés par ce
monastère, trois certificats concernant des jeunes
filles étrangères à votre maison. Je suppose qu'elles étaient venues parfaire leur éducation religieuse? Voyant le Père-Abbé hausser les sourcils, le
juge se hâta de sourire et ajouta : « Je ne me
souviens pas de leurs noms. Je les aurais vérifiés
avant de partir si mon intention avait été de
m'arrêter ici, mais... » Il n'acheva pas sa phrase,
regardant son hôte d'un air interrogateur.

Le religieux hocha lentement la tête.

– Je devine à quoi Votre Excellence fait allusion, dit-il. Une jeune fille de la capitale, Mademoiselle Liou, est en effet tombée malade ici l'année dernière. Maître Souen l'a lui-même soignée... Il s'arrêta brusquement, les yeux fixés sur la porte. Le juge tourna la tête pour voir qui arrivait, mais le battant s'était déjà refermé.

– Ces histrions sont d'une impudence! s'écria le Père-Abbé. Ils entrent partout sans se donner la peine de frapper! Remarquant l'air surpris du juge, il expliqua : «Selon notre habitude, nous avons engagé une petite troupe de comédiens professionnels pour nous aider à mettre en scène les Mystères représentés ici pendant nos fêtes commémoratives. Ces artistes distraient aussi les spectateurs en paraissant comme jongleurs et comme acrobates dans les intermèdes. Ils sont d'une certaine utilité, mais ignorent la façon de se comporter dans un monastère. » Frappant le sol de sa crosse avec colère, il conclut : « La prochaine fois, nous nous passerons de leurs services! »

– Je me souviens en effet, reprit le juge, qu'une jeune femme nommée Liou est morte à la suite d'une longue maladie. Puis-je vous demander – pour mon dossier – qui a procédé à l'autopsie?

– Notre Prieur. Il a fait des études médicales.

– Parfait. Une autre jeune fille ne s'est-elle pas suicidée?

– Quelle triste histoire! soupira le religieux. C'était une enfant intelligente, mais trop impressionnable. Elle souffrait d'hallucinations et je n'aurais jamais dû l'admettre parmi nos postulantes, mais elle en avait un si grand désir et ses parents ont tellement insisté que j'ai fini par

30

l'accepter. Hélas, un soir qu'elle était dans un état de nervosité plus grand que de coutume, Mademoiselle Gao s'est empoisonnée. Le corps a été rendu à sa famille et l'enterrement a eu lieu dans sa ville natale.

– Et la troisième? S'agit-il également d'un suicide?

– Non, ce fut un malheureux accident. Mademoiselle Houang était aussi fort intelligente. L'histoire de notre monastère la passionnait. Elle aimait se promener dans le temple et dans les bâtiments voisins. Un jour qu'elle se trouvait au sommet de la Tour Sud-Est, la balustrade a cédé au moment où elle s'y appuyait et la pauvre enfant a été précipitée dans le ravin qui borde le monastère de ce côté.

– Les résultats de l'autopsie ne figurent pas dans mon dossier, observa le juge Ti.

Le Père-Abbé secoua tristement la tête.

– Il n'y a pas eu d'autopsie, Votre Excellence. On n'a pu retrouver les restes de la malheureuse. Il existe une crevasse d'au moins cent pieds de profondeur à cet endroit du ravin et personne n'a jamais réussi à l'explorer.

Il y eut un petit silence, puis le juge Ti demanda :

– La tour d'où est tombée Mademoiselle Houang, n'est-ce pas celle qui surmonte la resserre et qui, par conséquent, s'élève juste en face du bâtiment où l'on m'a logé?

– C'est en effet celle-là. Le religieux but une gorgée de thé. Son attitude laissait clairement entendre que le moment de clore l'entretien lui semblait venu, mais le juge n'eut pas l'air de s'en apercevoir. Il caressa ses longs favoris et posa une nouvelle question :

Y a-t-il des nonnes qui résident ici de façon permanente?

– Non, heureusement. Mes responsabilités sont suffisamment lourdes sans cela! Mais comme ce monastère jouit d'une grande réputation de sainteté – tout à fait imméritée, je le reconnais humblement – de nombreuses familles dont les filles désirent se faire religieuses insistent pour que nous les instruisions. Elles restent quelques semaines ici, et quand elles ont obtenu leur brevet de nonne elles nous quittent pour entrer dans un autre couvent de la province.

Le juge éternua. Quand il se fut essuyé la moustache avec un mouchoir de soie, il dit d'un ton fort affable :

– Je remercie Votre Sainteté de ces explications. Il s'agissait d'une simple formalité. Bien entendu, je n'ai jamais pensé que des choses irrégulières aient pu se passer entre ces murs!

Le Père-Abbé inclina gravement la tête. Le juge vida sa tasse et reprit :

– Vous avez parlé tout à l'heure de Maître Souen. S'agit-il du fameux écrivain et lettré Souen Ming qui, il y a quelques années, remplissait les fonctions de Précepteur Impérial?

– De lui-même. La présence du Maître honore grandement notre humble monastère. Sa carrière a été fort brillante, comme vous le savez. Préfet de la capitale jusqu'à la mort de ses deux épouses, il fut ensuite nommé Précepteur de Sa Majesté Impériale. Lorsque le moment vint pour lui de quitter le Palais, ses trois fils avaient atteint l'âge d'homme et occupaient des postes officiels, aussi décida-t-il de consacrer ses dernières années à des recherches métaphysiques. Il choisit ce monastère comme lieu de retraite et, depuis deux ans déjà, vit au milieu de nous. Le Père-Abbé hocha lentement la tête, puis reprit avec une visible satisfaction : « La présence du Maître est pour nous un honneur insigne. Il s'intéresse beaucoup à notre communauté et assiste régulièrement aux services religieux. Il est au courant de tous nos petits problèmes et ne nous refuse jamais ses précieux conseils. »

Le juge pensa avec ennui qu'il lui faudrait rendre visite à ce haut personnage et demanda :

— Dans quelle partie du monastère loge-t-il?

— Nous avons mis la Tour Ouest à sa disposition. Votre Excellence rencontrera le Maître dans la salle des fêtes où il assiste à la représentation. Votre Excellence y verra aussi Madame Pao, une pieuse veuve arrivée de la capitale il y a quelques jours avec sa fille, Rose-Blanche, qui désire prendre l'habit religieux. Nous avons également parmi nous Monsieur Tsong Li, un poète renommé. Ce sont nos seuls invités en ce moment. De nombreuses personnes ont renoncé à venir en raison de l'inclémence du temps. Je ne vous parle pas de la troupe de Kouan Lai, car de simples acteurs n'intéressent sûrement pas Votre Excellence!

Le juge se moucha violemment. Il trouvait stupide l'attitude de ceux qui considèrent la profession de comédien comme infamante et les acteurs comme des parias, et il ne s'attendait pas à rencontrer des sentiments aussi peu charitables chez un religieux.

— Les acteurs remplissent une fonction sociale, répliqua-t-il. Pour une somme modique, ils fournissent aux gens du peuple un divertissement honnête qui égaie un peu la monotonie de leur existence. De plus, les pièces historiques font

33

connaître notre grand passé national... avantage que n'offrent pas vos Mystères.

— Nos Mystères, répondit le Père-Abbé avec raideur, sont plus allégoriques qu'historiques. Leur but est de répandre la Vérité. Ils ne peuvent donc pas être comparés à de vulgaires divertissements. Pour adoucir la sévérité de sa remarque, il ajouta en souriant : « J'ose cependant espérer que Votre Excellence ne les trouvera pas totalement dépourvus d'intérêt historique. Les masques et les costumes portés par nos acteurs ont été fabriqués dans ce monastère il y a plus d'un siècle. Ce sont donc de précieuses reliques du passé! Que Votre Excellence me permette à présent de La conduire dans la salle des fêtes. La représentation a commencé dès midi, et l'on joue en ce moment les dernières scènes. Un souper maigre sera ensuite servi au réfectoire. J'espère que Votre Excellence voudra bien nous faire l'honneur de le partager avec nous. »

La perspective d'assister à un banquet officiel ne réjouit pas le juge Ti outre-mesure, mais, en sa qualité de magistrat du district, il lui était impossible de refuser.

— J'accepte avec le plus grand plaisir, dit-il aimablement.

Les deux hommes se levèrent. Quand ils furent dans le couloir à demi-obscur, le Père-Abbé jeta un rapide coup d'œil autour de lui. Il parut soulagé de ne voir personne et conduisit courtoisement son hôte jusqu'à une double porte monumentale.

– Ces deux personnes sont Madame Pao et sa fille, Rose-Blanche, se hâta-t-il d'expliquer.

Le juge vit avec soulagement les Huit Immortels quitter la scène, suivis de la Reine que reconduisaient deux novices vêtus en page. La musique s'arrêta sur un assourdissant coup de gong et un murmure appréciateur monta de la salle. Le juge fut pris d'une nouvelle crise d'éternuements. Encore un courant d'air, pensa-t-il. Tout haut, il se contenta de dire :

– Quel magnifique spectacle !

A ce moment, Tao Gan vint se placer derrière lui et murmura :

– Le Prieur était occupé, Votre Excellence, mais j'ai vu l'Aumônier. A l'en croire, il n'existe pas de plan du monastère.

Le juge ne répondit pas. Le silence venait de se faire à l'arrivée d'un homme assez corpulent dont le visage mobile révélait l'acteur professionnel. C'était visiblement le chef de la troupe. Après s'être incliné très bas en direction de l'Abbé, il annonça d'une voix sonore :

– Avec la permission de Votre Sainteté, nous allons – comme de coutume – terminer la représentation par une courte allégorie. Elle dépeint les épreuves de l'âme humaine à la recherche de son salut. Mademoiselle Ngeou-yang va jouer le rôle de l'âme pécheresse tourmentée par l'Ignorance que personnifie un ours. Je remercie Votre Sainteté de Sa bienveillante attention ! »

Le murmure de la foule fut aussitôt couvert par une mélodie mélancolique ponctuée par la plainte éclatante des longues trompettes de cuivre. Une svelte jeune fille vêtue de blanc apparut sur le plateau. Elle se mit à danser lentement, pivotant sur elle-même pour faire virevolter ses larges manches et les pans de sa ceinture cerise. Après avoir considéré avec étonnement son visage peint, le juge voulut le comparer à celui de Mademoiselle Pao, mais, à ce moment, son imposante mère se pencha en avant et il ne put apercevoir la future postulante.

– Ce n'est pas une actrice qui se trouve sur la scène, c'est la jeune fille qui était dans cette loge, dit-il à Tao Gan.

Celui-ci se leva sur la pointe des pieds pour regarder à son tour.

– La jeune fille est toujours dans sa loge, Votre Excellence, répondit-il. « Elle est de l'autre côté de la grosse dame. » Allongeant le cou, le juge regarda de nouveau.

– Oui, tu as raison. Elle a l'air aussi terrifiée que si elle avait aperçu un fantôme. Je me demande pourquoi la comédienne s'est fait la tête de Mademoiselle Pao...

Il se tut brusquement. Un guerrier à l'air farouche venait de surgir sur le plateau. Un costume noir très ajusté faisait valoir sa puissante musculature, et son visage couvert de fard rouge était strié de longues raies blanches transversales. La lumière des lampions mettait des reflets rougeâtres sur son petit casque rond et sur le sabre qu'il faisait tournoyer.

– C'est l'homme que j'ai vu avec la femme au bras coupé! murmura le juge à Tao Gan. « Va vite me chercher le chef de la troupe. »

Le guerrier maniait son sabre avec une adresse extraordinaire. Tout en dansant autour de la jeune femme, il lui portait des bottes répétées qu'elle esquivait avec une gracieuse adresse. Rythmant ses gestes sur les battements du tambour, il s'approcha davantage et, soudain, la longue lame s'éleva pour redescendre avec une terrifiante rapidité, manquant de l'épaisseur d'un cheveu l'épaule de sa partenaire. Un cri aigu monta de la seconde loge. Agrippée à la balustrade, Rose-Blanche regardait les deux mimes d'un air égaré. Son imposante mère lui souffla quelque chose à l'oreille, mais elle ne parut rien entendre.

L'attention du juge se reporta sur la scène.

— Il suffirait d'un faux mouvement pour que nous ayons un accident à déplorer, remarqua-t-il. « Quel est ce garçon? »

— Un acteur du nom de Mo Mo-té, répondit le Supérieur. « Je suis d'accord avec vous, il vient de commettre une imprudence. Le voici plus circonspect à présent. »

Le guerrier s'éloignait en effet de la jeune femme pour exécuter une série de feintes compliquées et son maquillage luisait d'un éclat sinistre sous la lumière rouge des lampions.

Tao Gan reparut avec le directeur de la troupe.

— Voici Monsieur Kouan Lai, annonça-t-il.

— Pourquoi n'avez-vous pas prévenu le public que Mo Mo-té allait paraître dans l'allégorie? demanda sèchement le magistrat.

Monsieur Kouan sourit.

— Il nous arrive souvent d'improviser, Seigneur Juge. Mo Mo-té aime faire parade de son adresse au sabre, aussi joue-t-il en ce moment le rôle du Doute torturant l'Ame pécheresse.

— Cela ressemble trop à de la vraie torture pour mon goût. Tenez... le voilà qui recommence!

Mademoiselle Ngeou-yang esquivait de plus en plus difficilement les coups rageurs que lui portait son adversaire. La sueur perlait sous son fard et sa poitrine se soulevait à un rythme précipité. Son bras gauche semblait aussi la gêner. Le juge ne le distinguait pas très bien, à cause de la grande manche flottante, mais la jeune femme paraissait avoir du mal à s'en servir et le gardait serré contre elle. Le magistrat se dit avec colère que s'il se mettait à voir des manchotes partout, il ferait bien de se soigner. Juste à ce moment, le sabre s'abattit sur la manche gauche de la danseuse et trancha un morceau de l'étoffe. Mademoiselle Pao poussa un cri aigu.

Le juge se leva pour commander à l'acteur de cesser son jeu stupide, mais, avant qu'il eût ouvert la bouche, la comédienne siffla et un énorme ours brun apparut. L'animal tourna sa grosse tête vers le guerrier qui s'empressa de battre en retraite.

Le magistrat se rassit.

L'ours poussa de petits grognements coléreux puis se dirigea lentement vers la danseuse. Elle se couvrit le visage de sa manche droite en donnant des signes d'effroi. La monstrueuse bête avançait toujours sur elle. La musique s'arrêta, un silence mortel se fit dans la salle.

— Cette brute va la tuer! s'écria le juge.

— L'ours appartient à Mademoiselle Ngeou-yang, Votre Excellence, dit Kouan Lai d'un ton rassurant. « Il est attaché par une chaîne à l'une des colonnes. »

Le juge ne répondit pas. Ce qui se passait sur le plateau ne lui plaisait guère. Mademoiselle Pao semblait maintenant se désintéresser du spectacle, mais son visage était encore très pâle.

Le guerrier fit un dernier moulinet avec son sabre, puis disparut. L'ours tournait doucement autour de Mademoiselle Ngeou-yang qui dansait

40

de nouveau, pirouettant avec rapidité sur la pointe des orteils.

— Qu'est devenu Mo Mo-té? demanda le juge.

— Il doit s'être rendu dans la loge des artistes, Votre Excellence, expliqua le directeur. « Il a sûrement hâte de se débarrasser de son maquillage. »

— Se trouvait-il en scène il y a une heure?

— Il n'a pas quitté le plateau depuis l'entracte. Il représentait l'Esprit de la Mort, avec un pesant masque de bois sur le visage. N'importe quel autre acteur serait mort de fatigue, mais il est doué d'une vitalité prodigieuse et n'a pu résister à la tentation de revenir nous montrer son adresse au sabre!

Le magistrat n'entendit pas les derniers mots de Kouan. Ses yeux ne quittaient pas l'ours qui, debout sur ses pattes de derrière, cherchait à étreindre la danseuse. En voulant reculer, la jeune femme glissa et l'énorme bête se lança sur elle, sa mâchoire bordée de crocs jaunâtres grande ouverte.

Le juge retint à grand peine un cri, mais Mademoiselle Ngeou-yang était déjà debout. D'un mouvement plein de grâce, elle caressa la tête de l'animal, puis, passant la main dans son collier, elle fit une profonde révérence au public et sortit avec la bête sous un tonnerre d'applaudissements.

Le juge Ti essuya la sueur qui perlait à son front. Pendant ces dernières minutes il avait complètement oublié son rhume, mais à présent il sentait de nouveau la migraine lui tarauder les tempes. Lorsqu'il voulut se lever, son hôte lui posa la main sur le bras en disant :

– Le poète Tsong Li va réciter l'épilogue.

Un jeune homme imberbe, au visage spirituel, s'avança sur la scène. Après s'être incliné devant les spectateurs, il commença d'une voix bien timbrée :

Braves gens qui m'écoutez,
Moines, novices, frères-lais,
Tous qui venez d'assister
Au drame de l'âme pécheresse
Par Chagrin et Doute tourmentée :
Sachez que tous serez sauvés.
Le Sublime Tao, soyez-en certains,
Vous montrera le Vrai Chemin,
Mais punira gens trop malins
Se servant de lui pour obtenir terrestres biens
Et belles dames à vil dessein.
Ainsi chacun rencontrera son juste destin
Et le Soleil dissipera les nuages du matin.

Ayant dit, le poète fit une nouvelle révérence et sortit pendant que l'orchestre attaquait l'accord final.

Le juge regarda le Père-Abbé d'un air interrogateur. Prononcé dans un monastère nommé « Le Nuage Matinal », le dernier vers était malheureux, pour ne pas dire impertinent.

Le religieux s'étranglait de fureur.

– Appelez ce garçon tout de suite! cria-t-il au directeur de la troupe. S'adressant au juge, il ajouta : « Vous avez entendu l'impudent coquin! »

Quand le jeune homme fut devant lui, le Père-Abbé demanda d'un ton cassant :

– Pour quelle raison avez-vous ajouté ce dernier vers, Monsieur Tsong? Il a complètement détruit l'heureuse atmosphère que nous nous étions efforcés d'établir en ce jour de fête.

Tsong Li ne paraissait pas ému. Avec un regard moqueur, il répliqua :

– Le dernier vers, Votre Sainteté? Je m'attendais plutôt à vous voir désapprouver l'antépénultième, mais, comme vous le savez, on ne fait pas toujours ce qu'on veut lorsqu'on improvise!

Le religieux devint pourpre de colère. Toujours aussi détendu, le poète poursuivit :

– Les couplets courts sont plus faciles à composer. Celui-ci, par exemple :

> *Deux Abbés :*
> *Le premier sur terre,*
> *Le second dessous.*
> *Deux Abbés :*
> *L'un prêche ses moines,*
> *L'autre les vers de terre!*

Le Supérieur frappa violemment le sol de sa crosse. Les traits convulsés de rage, il semblait sur le point d'éclater, mais, se maîtrisant, il dit d'un ton glacial :

– Vous pouvez vous retirer, Monsieur Tsong.

Lorsque le poète se fut éloigné, le juge prit congé de son hôte. En s'inclinant devant lui, il remarqua que ses mains tremblaient encore. Après avoir fait quelques pas, il dit à Tao Gan :

– A présent, je veux parler aux acteurs. Sais-tu où se trouve leur loge?

– Oui, Votre Excellence : au même étage que ma chambre, dans un couloir transversal.

– Je n'ai jamais vu pareille taupinière! grommela le magistrat. « Et tu me dis qu'il n'existe pas de plan? La loi les oblige pourtant à en établir un!

– L'aumônier m'a expliqué que la partie des bâtiments située au-delà du Temple était interdite au public. Seuls le Père-Abbé et les moines profès peuvent y pénétrer. Il paraît qu'on ne doit ni la décrire ni la représenter sur le papier. L'aumônier a d'ailleurs reconnu que cette absence de plan était fort incommode car le monastère est immense et il arrive aux moines eux-mêmes de s'égarer.

– Quelle absurde situation, maugréa le juge. « Depuis que le Palais Impérial a daigné manifester de l'intérêt à la doctrine taoïste, ces gens-là s'imaginent être au-dessus des lois. Et j'ai entendu dire que l'influence bouddhiste commence aussi à se faire sentir à la Cour. Je ne sais laquelle de ces deux cliques est la pire! »

Il traversa la galerie et entra dans un petit bureau. Au moine qui s'y trouvait, il demanda de bien vouloir faire mettre un novice à sa disposition pour le conduire chez Maître Souen quand il aurait changé de vêtements. Tao Gan emprunta une lanterne au religieux et ils attendirent que la foule des moines qui sortaient à ce moment de la salle des fêtes se fût écoulée.

– Regarde-moi toutes ces mines éclatantes de santé, dit le juge d'un ton hargneux. « Ces gens-là feraient mieux de remplir leurs devoirs sociaux, de se marier et d'avoir des enfants! »

Il éternua.

Tao Gan lui jeta un regard soucieux. L'humeur de son maître était d'ordinaire remarquablement égale et, même lorsque les choses ne marchaient pas à sa guise, il n'avait pas l'habitude d'afficher ainsi sa contrariété. Il demanda :

44

– Le Père-Abbé vous a-t-il donné une explication satisfaisante de la mort des trois jeunes filles?

– Non, précisément! Comme je l'imaginais, ces décès se sont produits dans des circonstances suspectes. Dès notre retour à Han-yuan, je demanderai quelques renseignements supplémentaires aux parents des disparues. Nous reviendrons ensuite ici avec le Sergent Hong, Tsiao Taï, Ma Jong, nos scribes et une douzaine de sbires pour procéder à une enquête approfondie. Et tu peux être sûr que je n'annoncerai pas ma visite à l'avance. J'en réserverai la surprise au Père-Abbé!

V

*Tsong Li improvise d'autres poèmes
qui ne plaisent pas plus
que les précédents;
le juge Ti entend une voix mystérieuse
prononcer son nom.*

Le projet de ce retour en force sembla sourire à
Tao Gan. Après avoir hoché approximativement
la tête, il déclara :

— L'aumônier m'a aussi parlé des rebelles qui
ont été tués ici il y a une centaine d'années, Votre
Excellence. A présent, je sais pourquoi le moinillon prêtait l'oreille avec une telle attention dans le
couloir! Lorsque le fantôme d'un de ces malheureux apparaît, il murmure parfois un nom, et
celui qui entend le sien est sûr de mourir sous
peu.

— Quelle superstition absurde! s'écria le juge
Ti en essuyant sa moustache. Conduis-moi à la
loge des acteurs.

Quand ils arrivèrent au premier étage, le juge
jeta un regard dans l'étroit couloir sombre qui
s'ouvrait sur sa droite. Une svelte silhouette
blanche s'éloignait rapidement.

— C'est la fille à l'ours! s'écria-t-il. J'ai deux
mots à lui dire. Comment se nomme-t-elle,
déjà?

— Mademoiselle Ngeou-yang, Votre Excellence.

Le juge hâta le pas; lorsqu'il fut près de la
jeune femme, il murmura :

46

– Un instant, Mademoiselle Ngeou-yang.

Elle se retourna en poussant un petit cri. Son visage avait pâli et la peur faisait paraître ses yeux plus grands. Sa saisissante ressemblance avec Mademoiselle Pao frappa de nouveau le magistrat. Il dit avec bonté :

– Ne craignez rien. Je voulais simplement vous féliciter. Votre danse était...

– Votre Excellence est trop bonne, l'interrompit-elle d'une voix douce, mais qu'Elle m'excuse, je ne puis m'arrêter.

Lançant un regard anxieux dans le couloir, elle voulut poursuivre son chemin.

– Restez! ordonna le juge. Je suis votre Magistrat et je désire vous parler. Vous semblez inquiète. Est-ce à cause de Mo Mo-té?

Elle secoua sa petite tête avec impatience.

– L'ours m'attend, murmura-t-elle. C'est l'heure de son repas.

Voyant que la jeune femme tenait son bras gauche serré contre elle, le juge demanda d'un ton brusque :

– Qu'avez-vous à ce bras? Mo Mo-té vous a-t-il blessée avec son sabre?

– Oh non! C'est l'ours qui m'a griffée il y a très longtemps. Maintenant, il faut vraiment que je parte...

– J'ai bien peur que mes vers n'aient pas été du goût de Votre Excellence, dit une voix moqueuse. Le juge fit demi-tour et aperçut Tsong Li qui s'inclina aussitôt avec une politesse exagérée.

– En effet, jeune homme, répondit le juge. A la place du Supérieur, je vous aurais fait jeter dehors. Il se tourna de nouveau vers Mademoiselle Ngeou-yang... La jeune femme avait disparu.

— Le Père-Abbé ne se hasardera jamais à prendre une telle mesure, répliqua le poète avec dédain. Feu mon père, le docteur Tsong, a beaucoup fait pour ce monastère... et ma famille continue à lui verser des sommes rondelettes!

Le juge Ti toisa le jeune poète.

— Vous êtes donc le fils de l'ancien Gouverneur Tsong Famen, dit-il. C'était un vrai lettré. J'ai lu ses ouvrages sur l'administration provinciale. Il n'aurait pas apprécié vos vers de mirliton.

— J'ai seulement voulu taquiner le Père-Abbé, expliqua Tsong Li avec un soudain embarras. Il est si solennel! D'ailleurs, mon père ne le tenait pas en grande estime.

— Ce n'est pas une raison pour nous donner un poème d'aussi mauvais goût. Et quelle est la signification de votre stupide plaisanterie sur les deux Abbés?

— Votre Excellence ne serait-Elle pas au courant? Il y a deux ans, le précédent Supérieur de ce monastère — Miroir-de-Jade — est mort, ou, si Votre Excellence préfère l'expression consacrée : il a été *ravi au Ciel*. On a embaumé son cadavre, qui trône à présent dans la crypte creusée sous le sanctuaire où est érigé l'autel du Fondateur. Miroir-de-Jade a toujours été considéré comme un très saint homme, aussi bien de son vivant qu'après sa mort.

Assez de choses tracassaient le juge sans qu'il se préoccupât du sort des anciens Supérieurs, aussi se contenta-t-il de dire :

— Je ne vous retiens pas plus longtemps, j'ai affaire dans la loge des comédiens.

— C'est là que je vais, répliqua le jeune poète à présent plus respectueux. Que Votre Excellence me permette de lui montrer le chemin. Les trois hommes s'engagèrent dans un long couloir bordé de portes des deux côtés.

– Mademoiselle Ngeou-yang a-t-elle sa chambre par ici? demanda le juge.

– Oui, Votre Excellence, un peu plus loin. Mais vous feriez mieux de ne pas vous y aventurer en son absence. Cet ours est un animal des plus dangereux.

– Elle est sûrement chez elle maintenant, affirma le juge. Ne l'avez-vous pas vue près de moi en arrivant?

– Comment aurais-je pu la voir dans ce corridor, répliqua le jeune homme, puisque je l'ai laissée dans la salle des fêtes?

Le juge lui jeta un coup d'œil scrutateur, puis regarda Tao Gan. Celui-ci secoua la tête, une expression perplexe sur son visage maigre. Sans remarquer leur mine soupçonneuse, Tsong Li alla frapper à l'une des dernières portes du couloir et les trois hommes entrèrent dans une grande pièce en désordre.

Kouan Lai et deux femmes assises avec lui autour d'une table ronde se levèrent aussitôt et vinrent s'incliner respectueusement devant le magistrat. Le directeur fit les présentations :

– Voici Mademoiselle Ting, dit-il en désignant la plus jolie des deux comédiennes. Elle tenait le rôle de la Fée Siwang-mou. Mademoiselle Ting jongle très bien et excelle dans les danses acrobatiques. Se tournant vers la seconde actrice – moins jeune et moins élégante – il ajouta : « Et voici mon épouse. »

Le juge Ti le complimenta sur la représentation. Monsieur Kouan parut extrêmement flatté qu'un si haut personnage daignât s'intéresser à sa troupe. Il se demanda, fort ému, s'il pouvait se permettre d'offrir un siège à ce visiteur de marque. Le juge le tira de cette difficulté en s'asseyant sans y être invité. Tsong Li prit place devant un cruchon de vin. Tao Gan resta debout derrière son maître, comme de coutume.

– Où sont Mademoiselle Ngeou-yang et Monsieur Mo Moté? demanda le magistrat. J'aimerais les féliciter aussi. Mo Mo-té manie le sabre de façon remarquable, et, dans sa scène avec l'ours, Mademoiselle Ngeou-yang m'a fait dresser les cheveux sur la tête!

Ces paroles bienveillantes ne semblèrent pas mettre le directeur à l'aise, et, lorsqu'il versa une tasse de vin à son hôte, la moitié du liquide se répandit sur la table.

Se laissant tomber sur un siège, il dit en montrant les feuillets de papier maculés de rouge qui jonchaient la coiffeuse :

– Mo Mo-té a dû venir se démaquiller en sortant de scène. A présent, il est sûrement parti déposer son costume dans la resserre. Quant à Mademoiselle Ngeou-yang, elle m'a dit qu'elle voulait s'occuper de son ours avant de venir nous rejoindre.

Le juge Ti se leva. Sous prétexte d'ajuster son bonnet de velours devant le miroir, il alla jeter un coup d'œil aux feuillets froissés et aux pots de fards. « Ces taches rouges pourraient très bien être du sang », songea-t-il. En revenant s'asseoir, il remarqua une certaine gêne dans le comportement de Madame Kouan. Il but une gorgée de vin et interrogea son mari sur la mise en scène des pièces historiques.

Kouan Lai se lança dans de longues explications. Le juge écoutait d'une oreille distraite, essayant de suivre la conversation des autres personnes présentes.

– Vous n'allez pas aider Mademoiselle Ngeou-yang à soigner son ours? demandait Tsong Li à Mademoiselle Ting. Je suis sûr qu'elle en serait ravie

– Mêlez-vous de ce qui vous regarde! répondit-elle sèchement. Je ne m'occupe pas de votre goût pour les roses, moi.

– Mademoiselle Pao est très jolie. Pourquoi n'écrirais-je pas un poème en son honneur? J'en ai bien composé un pour vous, ma chère. Écoutez plutôt :

> *Vraies amours, fausses amours,*
> *Amours d'hier ou de toujours...*
> *Plus et moins,*
> *Ça va très bien.*
> *Que le Ciel nous garde*
> *De moins et moins.*

Le juge tourna la tête vers les jeunes gens. Le visage de Mademoiselle Ting était devenu écarlate. Madame Kouan dit :

– Surveillez votre langage, Monsieur Tsong!

– C'est uniquement pour la mettre en garde, répliqua le poète sans se déconcerter. Connaissez-vous la chanson qui fait fureur en ce moment dans la capitale? Il fredonna un air populaire, puis battant du doigt la mesure, se mit à chanter d'une agréable voix de baryton :

> *Deux fois dix et pas de mari...*
> *Demain il peut encore venir.*
> *Mais trois fois huit et seule au lit,*
> *Que triste est donc ton avenir!*

Furieuse, Mademoiselle Ting ouvrit la bouche pour répliquer, mais le magistrat intervint :

— Mon sens de l'humour est des plus limité, Monsieur Tsong. Je vous prierai donc de réserver vos traits d'esprit pour un auditoire capable de les apprécier. D'un ton plus aimable, il dit à Kouan Lai : « A présent, il faut que j'aille changer de costume pour le banquet. Ne vous donnez pas la peine de me reconduire. »

Il fit signe à Tao Gan de le suivre et, dès qu'ils furent seuls dans le couloir, lui confia :

— Avant de gagner ma chambre, je vais essayer de mettre la main sur Mo Mo-té. Toi, reste ici et bois encore quelques tasses avec eux. J'ai l'impression qu'il se passe ici des choses bizarres. Tâche de faire parler ces gens-là. A propos, sais-tu ce que ce maudit poète a voulu dire avec son *plus* et son *moins?*

Tao Gan toussota d'un air embarrassé.

— Ce sont des expressions qu'on emploie dans les bas-quartiers, finit-il par dire. *Plus,* terme positif, signifie homme, et *moins,* terme négatif, signifie femme.

— Ah bon... je comprends. Quand Mademoiselle Ngeou-yang reparaîtra, arrange-toi pour savoir combien de temps elle est restée dans la salle-des-fêtes. Elle n'a pas pu se trouver en deux endroits à la fois!

— Tsong Li a peut-être menti en disant qu'il l'avait rencontrée en bas, Noble Juge. A moins que ce ne soit lorsqu'il a prétendu ne pas l'avoir vue nous parler. Le couloir est étroit et nous nous trouvions entre elle et lui, mais malgré tout il a dû l'apercevoir.

— Si le poète a dit la vérité, c'est à Mademoiselle Pao que nous avons parlé. A Mademoiselle

Pao se faisant passer pour Mademoiselle Ngeou-yang. Non... je me trompe, la jeune fille que nous avons rencontrée tenait son bras serré contre son corps tandis que Mademoiselle Pao s'est servie de ses deux mains pour s'agripper à la balustrade pendant les moulinets de Mo Mo-té. Je n'y comprends rien. Essaie de découvrir quelque chose et viens me rejoindre dans ma chambre.

Il prit la lanterne et s'éloigna tandis que son lieutenant regagnait la loge des comédiens.

Le juge pensait trouver facilement le chemin de la resserre. Tout en grimpant l'interminable escalier, il constata que son dos et ses jambes lui faisaient de plus en plus mal. Était-ce une consé-quence de son rhume ou de toutes ces montées et ces descentes auxquelles il n'était pas accoutumé? Il pensa au poète et à Kouan Lai. Ce dernier lui semblait assez sympathique, mais les façons impertinentes de Tsong Li lui portaient sur les nerfs. Le jeune homme paraissait être au mieux avec la troupe théâtrale. Mademoiselle Pao lui plaisait visiblement, mais puisqu'elle allait se faire nonne, quelles espérances pouvait-il entrete-nir de ce côté-là? Son méchant couplet sur Mademoiselle Ting suggérait une amitié particu-lière entre celle-ci et Mademoiselle Ngeou-yang. Après tout, songea le juge, je n'ai pas à m'occuper des mœurs de ces demoiselles. Ce que manigance Mo Mo-té m'intéresse davantage.

Il poussa un soupir en atteignant le palier aux courants d'air. Un chant monotone montait de l'immense puits : « Vêpres, sans doute », pensa-t-il.

Le couloir de droite n'était pas éclairé. Surpris, le magistrat leva sa lanterne. Il n'y avait aucune fenêtre dans le mur, et ce passage au plafond bas tapissé de toiles d'araignées était manifestement plus étroit que celui menant à la resserre. Comprenant qu'il s'était trompé de chemin, le juge se préparait à retourner sur ses pas quand il entendit un murmure de voix.

Il prêta l'oreille, se demandant d'où pouvaient bien venir ces sons étouffés. Le couloir était désert et aboutissait à une lourde grille de fer. Il revint vers l'entrée, mais à cet endroit le chant des moines empêchait d'entendre quoi que ce soit. Il regagna le milieu du passage et, les sourcils froncés, chercha une porte du regard.

Les murmures étaient de nouveau perceptibles sans qu'on pût comprendre les mots prononcés. Soudain, il distingua les trois syllabes de son nom : « Ti Jen-tsie... » puis tout redevint silencieux.

VI

Le juge Ti expérimente un vieux remède;
Tao Gan lui rapporte les derniers potins.

Le juge tira sur sa barbe avec colère. Cette
voix fantomatique lui faisait un effet plus désagréable qu'il ne voulait bien l'admettre. Il eut vite
fait cependant de se ressaisir. Des moines parlaient probablement de lui non loin de là et l'écho
jouait souvent de curieux tours dans les vieilles
constructions comme celle-ci. Il écouta encore un
moment, mais les murmures avaient cessé.

Haussant les épaules, il revint sur ses pas et
comprit la raison de son erreur : le passage qui
desservait la resserre se trouvait de l'autre côté du
palier. Il contourna l'orifice du puits central et
reconnut le couloir qu'éclairaient, à droite, trois
hautes fenêtres. Par la porte entrebâillée, le bruit
d'une conversation lui parvint.

Il entra. A son grand désappointement, il ne vit
que deux moines en train de refermer un coffre
de cuir rouge. Si Mo Mo-té n'était pas là, en
revanche le casque de fer avait repris sa place
au-dessus de la cotte de mailles et le long sabre
était revenu dans son fourreau. Il demanda au
plus âgé des deux moines :

— Avez-vous vu l'acteur Mo Mo-té?

— Non, Votre Excellence, nous arrivons à l'instant.

Le religieux s'exprimait avec tout le respect voulu, mais le juge n'aima pas la mine hostile de son compagnon, un grand moine aux larges épaules qui le fixait d'un œil soupçonneux.

– Je voulais simplement le complimenter sur son adresse à manier le sabre, expliqua le juge d'un ton détaché.

Tout en retournant vers son appartement, il songea que l'acteur avait dû rejoindre ses camarades dans leur loge où Tao Gan était sans doute en train de le surveiller.

Lorsqu'il arriva devant sa porte, le magistrat sentit de nouveau toute sa fatigue. L'une des servantes lui ouvrit aussitôt, les autres préparaient le riz du soir sur le brasero placé dans un coin de la pièce.

Il passa dans la chambre à coucher. Ses trois épouses jouaient aux dominos. Elles se levèrent pour l'accueillir et la Première dit avec un sourire joyeux :

– Vous arrivez à point pour faire une partie avant souper.

Les dominos étaient le passe-temps favori du juge. Jetant un regard de regret aux pièces d'ivoire, il répliqua :

– J'en suis bien fâché, mais je ne puis dîner avec vous. Je dois assister au banquet que donne le Père-Abbé. Un ancien Précepteur Impérial qui habite le monastère y prendra part et je n'ai absolument pas pu refuser.

– Auguste Ciel! s'écria la Première Épouse. Je vais être obligée de faire une visite à sa femme.

– Non, il est veuf. Mais il faut que j'aille le voir avant le banquet. Préparez-moi ma robe officielle.

Il se moucha vigoureusement.

– Je suis bien contente de ne pas avoir à m'habiller, dit la Première avec soulagement. Mais c'est vraiment dommage que vous ne puissiez rester ici. Vous avez un gros rhume, vos yeux pleurent!

Tandis qu'elle ouvrait les coffres à vêtements et préparait la robe de brocart vert du magistrat, la Troisième dit :

– Je vais vous faire un emplâtre de pelures d'oranges. Si vous le gardez autour de votre tête, vous irez mieux demain.

– Comment pourrais-je me présenter à un banquet avec un bandage autour de la tête? J'aurais l'air stupide!

– En enfonçant votre bonnet, personne ne s'apercevra de rien, répliqua la Première, toujours pratique.

Le juge grommela quelques protestations, mais sa Troisième avait déjà pris une poignée d'écorces d'oranges séchées dans le coffre à médecine et les plaçait dans un bol d'eau bouillante. Quand elles eurent suffisamment trempé, la Seconde les enveloppa dans un morceau de toile, et les deux femmes enroulèrent cet emplâtre bien serré autour de la tête du magistrat. La Première ajusta le bonnet de velours par-dessus et dit :

– Là, personne ne s'apercevra de rien!

Le juge les remercia et promit de remonter aussitôt que le banquet serait terminé. Arrivé à la porte, il se retourna pour enjoindre aux servantes de mettre la barre de sûreté derrière lui. « Et surtout », ajouta-t-il, « n'ouvrez pas avant de savoir à qui vous avez affaire. Il y a toutes sortes de gens dans le monastère, ce soir ».

Il passa dans l'antichambre où l'attendait Tao

Gan. Après avoir donné l'ordre aux servantes de porter le thé à leurs maîtresses, il fit asseoir son lieutenant à côté de lui et dit en baissant la voix :

– Mo Mo-té avait quitté la resserre avant ma venue. Est-il retourné dans la loge des comédiens?

– Non, Votre Excellence. Il doit se balader dans le monastère. Mais Mademoiselle Ngeou-yang est arrivée juste après votre départ. Une fois démaquillée, elle ne ressemble guère à Mademoiselle Pao, bien qu'elle ait un visage du même ovale et la même régularité de traits. Ce doit être Mademoiselle Pao que nous avons rencontrée dans le couloir. Si vous vous en souvenez, sa voix était douce et agréable, or celle de Mademoiselle Ngeou-yang est un peu rauque. Et quoique je ne prétende pas m'y connaître aussi bien que Ma Jong en formes féminines, celles de la jeune personne du couloir m'ont paru assez arrondies, tandis que Mademoiselle Ngeou-yang est plutôt osseuse.

– Pourtant, la femme du couloir tenait son bras gauche comme la comédienne. De quoi cette dernière a-t-elle parlé?

– Elle était d'humeur taciturne et ne s'est animée qu'au moment où j'ai complimenté Mademoiselle Ting sur sa danse acrobatique. Quand j'ai fait allusion à sa rencontre avec Tsong Li, elle s'est bornée à dire que ce garçon était un raseur de la pire espèce. Lui ayant laissé entendre que sa façon de disparaître pendant que vous l'interrogiez ne vous avait pas plu, elle m'a jeté un drôle de regard et a déclaré qu'elle ne pouvait pas laisser son ours longtemps seul.

– On se moque de nous! s'écria le juge en

tripotant sa barbe avec colère. Qu'as-tu appris sur Mo Mo-té?

– C'est un garçon d'habitudes irrégulières. Il se joint à la troupe pendant un mois ou deux, puis disparaît. Il joue toujours les traîtres, et Kouan affirme que ce genre de rôle finit par aigrir le caractère d'un acteur. J'ai cru comprendre que Mo soupirait pour Mademoiselle Ting, mais que la belle ne voulait pas de lui. Il est affreusement jaloux de Mademoiselle Ngeou-yang, car il soupçonne les deux filles d'éprouver l'une pour l'autre un sentiment plus tendre que de la simple amitié. C'est d'ailleurs ce que suggère Tsong Li dans son poème. Kouan trouve aussi que Mo a dépassé la mesure ce soir en jouant du sabre trop près de sa partenaire. Il prétend toutefois qu'avec son plantigrade comme garde-du-corps la jeune fille n'a rien à craindre de personne. Cet animal la suit, tel un gros chien, et lui obéit au doigt et à l'œil. Mais il n'est pas d'humeur facile et elle est la seule qui ose l'approcher.

– Quelle déconcertante énigme, maugréa le juge. Si la jeune fille que nous avons rencontrée dans le couloir – que ce soit Mademoiselle Pao ou Mademoiselle Ngeou-yang – fuyait Mo Mo-té parce que celui-ci est un dangereux maniaque, cela concorde avec l'étrange scène que j'ai vue par la fenêtre. C'est sûrement Mo Mo-té que j'ai aperçu à ce moment-là, mais sur quelle victime s'acharnait-il? Notre première tâche est de vérifier s'il n'y a pas ici d'autres femmes que celles que nous connaissons déjà.

– Je n'ai pas osé parler de l'inconnue au bras coupé sans votre assentiment, Noble Juge, mais je crois que Madame Kouan et les deux comédiennes sont les seules personnes du sexe féminin qui se trouvent ici en ce moment... avec Madame Pao et sa fille bien entendu.

— Nous ne connaissons qu'une petite partie du monastère, ne l'oublie pas. Qui sait ce qui peut se passer dans les endroits où le public n'a pas accès? Et nous n'avons même pas de plan! Mais il est temps que je fasse ma visite à Maître Souen. Toi, retourne voir les acteurs. Quand l'insaisissable Mo Mo-té fera sa réapparition, colle-toi à lui et ne le quitte pas pendant le banquet. Je te reverrai tout à l'heure.

Un novice attendait dans le couloir. La pluie fouettait les volets avec force, et la perspective de mouiller sa robe de cérémonie n'enchantait guère le magistrat.

— Est-il indispensable de sortir pour nous rendre dans la Tour Ouest? demanda-t-il.

— Oh non, Vénérable Seigneur, répliqua le moinillon. Nous pouvons passer au-dessus de la nef.

— Encore des escaliers! grommela le juge.

VII

*Maître Souen parle du Yin et du Yang; le
juge Ti pose de nouvelles questions.*

En compagnie de son guide, le juge refit le
trajet à présent familier qui le séparait du palier
central. Arrivés au-dessus de la nef, ils tournèrent
le dos au couloir menant à la resserre et prirent
un long passage rectiligne éclairé par une unique
lanterne brisée.

Le juge Ti éprouva soudain la désagréable
sensation qu'on l'observait. Faisant brusquement
demi-tour, il vit une forme sombre – un homme
vêtu de gris, peut-être – se glisser vers l'entrée du
couloir et disparaître. Reprenant sa marche, il
demanda au novice :

– Ce corridor est-il souvent utilisé par les
moines?

– Oh non, Vénérable Seigneur! Je l'ai pris pour
que vous n'ayez pas à marcher sous la pluie. Ceux
qui ont affaire dans la Tour Ouest y montent par
l'escalier en colimaçon qui se trouve près du
portail, en face du réfectoire.

Quand ils atteignirent la petite salle carrée de
l'aile occidentale, le juge fit halte pour s'orienter.

– Où donne cette porte? demanda-t-il en désignant une étroite ouverture à droite.

– Dans la Galerie des Horreurs, Vénérable

Juge. Elle occupe toute l'aile gauche de la cour centrale, mais nous autres novices n'avons pas la permission d'y pénétrer.

Le juge Ti savait que tous les monastères taoïstes d'une certaine importance possèdent une galerie contenant des fresques ou des sculptures qui décrivent – de façon réaliste – le châtiment subi par les pécheurs dans les dix cercles de l'enfer. « J'aurais pourtant cru », remarqua-t-il, « qu'une promenade en ce lieu sinistre serait la chose la plus propre à .éloigner du péché les jeunes âmes! »

Ils grimpaient à présent les quelques marches qui les séparaient du palier où s'ouvrait la haute porte vermillonnée de l'ancien Précepteur Impérial.

– Attention, Vénérable Seigneur, l'avertit le novice, la balustrade a besoin d'être réparée.

En mettant le pied sur la plate-forme, le juge vit en effet une brèche dans le garde-fou. Il se pencha sur l'ouverture béante.

– C'est l'escalier dont je vous parlais tout à l'heure, expliqua le moinillon. Il aboutit au portail occidental, deux étages plus bas.

Le magistrat remit à son guide une grande carte de visite rouge et le novice alla frapper chez Maître Souen.

– Entrez! cria une grosse voix.

Le Sage taoïste était assis devant un bureau couvert de livres et de papiers. Le moinillon s'inclina profondément et lui présenta la carte du juge. Après y avoir jeté un rapide coup d'œil, Maître Souen se leva et vint à sa rencontre.

– C'est donc vous le Magistrat de notre district, dit-il de sa voix sonore. Bienvenue au Monastère du Nuage Matinal, Ti!

Les bras respectueusement croisés sous ses vastes manches, le juge s'inclina et répondit :

– L'humble fonctionnaire qui se tient devant vous, Vénérable Maître, bénit l'accident qui lui procure l'occasion tant attendue de présenter ses respects à un aussi éminent personnage que Votre Excellence.

– Au diable ces formules solennelles, Ti! s'écria Souen Ming avec bonne humeur. Asseyez-vous pendant que je mets un peu d'ordre dans toutes ces paperasses. Il reprit place derrière son bureau en disant au novice qui venai de servir le thé : « Merci, mon enfant. Tu peux te retirer, je m'occuperai moi-même de mon visiteur. »

Tout en buvant à petites gorgées le liquide parfumé au jasmin, le juge étudiait son hôte. Maître Souen était aussi grand que lui, mais plus massif, et son cou puissant disparaissait à moitié entre des épaules de lutteur. Bien qu'il approchât de la soixantaine, aucune ride ne marquait encore son visage rose et lisse. Un court collier de poils gris lui entourait le menton, et sa chevelure d'argent, rejetée en arrière pour dégager le front large, venait se plaquer sur le dôme volumineux de son crâne. Étant Taoïste laïque, il ne portait pas de coiffure, et une moustache effilée contrastait avec la broussaille hirsute de ses gros sourcils. Tout en lui indiquait une personnalité exceptionnelle.

Lorsqu'il eut terminé son examen, le juge entreprit de lire les différents textes taoïstes accrochés aux murs. Maître Souen repoussa enfin ses papiers et, fixant sur le magistrat son regard aigu, demanda :

Vous avez fait allusion à un accident. Rien de grave, j'espère?

– Non, non. Après deux semaines passées dans la capitale, ma famille et moi avons repris ce matin la route de Han-yuan. Je pensais être au Yamen pour le repas du soir quand, en pleine montagne, une tempête a éclaté et l'essieu de notre voiture s'est rompu. J'ai dû demander l'hospitalité au Supérieur, mais je compte repartir de bonne heure demain matin car on m'assure que ces tempêtes sont toujours très brèves.

– Votre malheur m'aura procuré le bonheur de faire votre connaissance! remarqua Souen avec un sourire. J'aime beaucoup bavarder avec les jeunes magistrats d'avenir. Vous auriez dû nous rendre visite plus tôt, Ti, ce monastère dépend de votre juridiction!

– Ma négligence est impardonnable, se hâta de répondre le juge, mais nous avons eu des ennuis à Han-yuan, et...

– Je suis au courant, l'interrompit Souen. Vous avez fait du bon travail, Ti. Grâce à vous de sérieux désordres ont été épargnés à l'Empire Fleuri.

Le juge s'inclina.

– Je compte revenir sous peu écouter les enseignements de Votre Excellence, dit-il.

Puisque ce haut-fonctionnaire expérimenté se montrait d'humeur si amicale, pourquoi ne pas lui parler de la femme au bras coupé? Il hésita un instant, puis, se décidant, demanda : « Puis-je me permettre de consulter Votre Excellence au sujet d'une curieuse aventure qui vient de m'arriver?

– Mais bien entendu! De quoi s'agit-il?

– A dire vrai, je ne le sais pas exactement, répondit le juge avec un certain embarras. Lorsque je me suis rendu à l'appartement mis à ma disposition, j'ai assisté, l'espace de quelques

64

secondes, à une scène qui a dû se dérouler il y a plus d'un siècle, quand des soldats ont massacré les rebelles à l'intérieur du monastère. Une telle chose vous paraît-elle possible?

— Mais oui, répondit-il avec gravité. Ne vous est-il jamais arrivé, en pénétrant dans une pièce vide, de *savoir* que quelqu'un s'y trouvait un court moment auparavant? Vous seriez incapable de donner la raison de votre certitude, c'est juste une sensation que vous éprouvez. Ce phénomène s'explique pourtant de façon fort simple : celui qui vient de sortir a laissé un peu de lui-même dans la pièce. Il n'avait cependant rien fait d'extraordinaire, regardé un livre peut-être, ou bien écrit une lettre.

« Supposons maintenant que le même homme ait péri de mort violente en cet endroit. Les ondes de souffrance qui se sont dégagées de lui auront imprégné si profondément l'atmosphère qu'on peut s'attendre à en retrouver la trace bien des années plus tard. Une personne hypersensible – ou une personne rendue hypersensible par la fatigue – pourra même sentir cette imprégnation à des siècles de distance. Ne croyez-vous pas, Ti, que ce soit là l'explication logique de votre aventure? »

Le juge hocha la tête. Évidemment, Souen Ming avait dû beaucoup réfléchir à ces questions abstruses, et, bien que son raisonnement ne le convainquît pas, il décida de ne point le rejeter absolument. Il répondit donc avec courtoisie :

— Votre Excellence a probablement raison. Je suis assez fatigué; de plus, j'ai attrapé un rhume sous cette maudite pluie, et mon état...

— Un rhume? Je n'en ai pas eu un seul en trente ans! l'interrompit Souen. Mais je me suis fixé une règle de vie très stricte et je prends soin de nourrir mon principe vital.

— Votre Excellence ne croit tout de même pas, comme certains taoïstes, qu'on puisse atteindre l'immortalité sur cette terre? demanda le juge, fortement déçu.

— Non, bien entendu, répliqua Souen avec dédain. L'immortalité, pour l'homme, consiste à revivre en sa descendance. Le Ciel a limité la durée de notre vie à un certain nombre d'années, et vouloir la prolonger par des moyens artificiels est tout à fait futile. Tous nos efforts doivent seulement tendre à passer ces quelques années en bonne forme physique et spirituelle. Pour parvenir à ce but, il faut vivre d'une façon plus naturelle que nous ne le faisons et, pour commencer, purifier notre régime alimentaire. Attention à votre régime, Ti!

— Je suis un disciple de Confucius, mais j'admets volontiers qu'il y a beaucoup de sagesse aussi dans le taoïsme.

— Le taoïsme prend les choses à l'endroit où Confucius les a laissées! Le confucianisme explique comment l'homme doit se conduire dans une société bien faite. Le taoïsme, lui, nous montre les rapports qui existent entre l'homme et l'Univers... rapports dont l'ordre social n'est qu'un aspect.

Le juge Ti ne se sentait pas d'humeur à s'engager dans une discussion philosophique. Comme il voulait encore poser deux questions à son hôte, il laissa donc passer quelques secondes par convenance et demanda :

— Est-il possible que d'indésirables éléments venus du dehors circulent dans le monastère? Quand le novice m'a conduit chez vous, j'ai eu le sentiment que quelqu'un me suivait. Juste à l'entrée du couloir qui relie le palier central à cette tour, pour être précis.

Maître Souen lui jeta un regard scrutateur. Après un instant de réflexion, il dit brusquement :

— Aimez-vous le poisson, Ti?

— Oui, je l'aime beaucoup, répondit le juge étonné.

— Nous y voilà! Le poisson encrasse les humeurs, mon cher. Cet encrassement ralentit la circulation sanguine, et le système nerveux en est affecté... et c'est pourquoi vous voyez des choses qui n'existent pas! De la rhubarbe, Ti, de la rhubarbe, voilà ce qu'il vous faut! C'est un bon dépuratif. Je vais consulter mes livres de médecine – j'en ai une belle collection –. et demain matin je vous remettrai la liste détaillée des aliments qui conviennent à votre état.

— Je remercie Votre Excellence, et je lui serais profondément reconnaissant si Elle voulait bien m'éclairer sur un dernier point. J'ai entendu dire que certains taoïstes invoquent des motifs d'ordre religieux pour se livrer en secret à de véritables orgies et forcent des jeunes femmes à y prendre part. Y a-t-il une parcelle de vérité dans ces allégations?

— Des bêtises, Ti, de pures bêtises! Comment ferions-nous pour nous livrer à des orgies avec un régime alimentaire aussi frugal que le nôtre? Des orgies... je vous demande un peu! Se levant, il ajouta : « Le banquet va commencer, le Supérieur doit nous attendre. Je vous préviens, Ti, ce n'est pas un grand lettré, mais il veut le bien de tous et administre sa maison avec sagesse. »

— Ce ne doit pas être une tâche aisée; le monastère est une véritable petite ville. J'aimerais l'explorer un peu, mais on m'a dit qu'il n'en existe pas de plan. D'ailleurs, la partie qui se trouve au-delà du Temple est interdite aux visiteurs.

– Des mystères pour pas grand-chose, Ti! Tout cela n'a qu'un but : impressionner les foules crédules. J'ai répété plus de cent fois au Père-Abbé qu'il devrait faire établir un plan au monastère. C'est d'ailleurs obligatoire : Article 28 de l'ordonnance concernant les Édifices consacrés au Culte. Mais je peux facilement vous donner un aperçu de sa disposition.

S'approchant d'une grande feuille suspendue au mur, il expliqua : « Voici un schéma que j'ai dressé moi-même. C'est très simple. En bâtissant ce monastère, il y a plus de deux cents ans, on a voulu représenter à la fois l'Univers et l'homme – sa réplique en miniature –. L'ensemble forme un ovale, figure qui symbolise la Création Originelle. Il est orienté au sud et s'étage à flanc de montagne, sur quatre plans. Un profond ravin le borde à l'Est, une forêt à l'Ouest.

« Suivez-moi bien : nous partons de l'avant-cour, un triangle dont les côtés sont formés par les cuisines, les écuries, les cellules des frères-lais et des novices. Ensuite nous passons dans la cour du Temple, flanquée d'ailes hautes de deux étages. Au rez-de-chaussée de l'aile occidentale se trouve le réfectoire, au premier la bibliothèque, au second les appartements du Prieur, de l'Aumônier et du Père-Archiviste. Le rez-de-chaussée de l'aile orientale comprend la salle des fêtes, où s'est donnée la représentation théâtrale, et différents bureaux. Son premier et son second étage sont réservés aux visiteurs. C'est là qu'on vous a logé avec votre famille, j'imagine. »

– Oui. On nous a donné deux confortables

pièces situées à l'angle nord-est du second étage.

– Bien. Continuons. Au fond de cette deuxième cour se trouve le Temple lui-même. On peut y admirer plusieurs statues anciennes fort belles. Derrière le Temple s'étend la cour centrale, avec une tour à chaque coin. Vous êtes en ce moment dans la Tour Sud-Ouest, qui m'a été assignée. A gauche de cette cour il y a la Galerie des Horreurs – concession aux croyances populaires –; à droite sont les cellules des moines, et dans le fond, au-dessus d'un portail donnant accès au Sanctuaire se trouve la résidence du Supérieur. Le Sanctuaire a la forme d'un cercle. Nous avons donc, et dans cet ordre : un triangle, deux carrés, un carré, un cercle. Chacune de ces formes possède une signification mystique, mais laissons cela de côté. Le principal, c'est qu'à présent vous voilà capable de vous orienter. Il y a, bien entendu, des centaines de passages, couloirs et escaliers qui relient ensemble les différentes constructions, mais si vous avez mon schéma dans la tête, vous ne pouvez guère vous tromper!

– Je remercie Votre Excellence, dit le juge avec gratitude. Quels bâtiments y a-t-il dans le Sanctuaire?

– Seulement une petite pagode. Elle renferme l'urne contenant les cendres du Saint Fondateur.

– Personne n'habite cete partie du monastère?

– Non, bien sûr! Je l'ai visitée : il y a là uniquement la pagode et les murs qui l'entourent. Mais ce monument étant considéré comme une chose sacrée, je l'ai remplacé par le cercle noir et blanc, que vous voyez en haut de la feuille, afin de ne pas offenser notre bon Supérieur. Ce cercle est le symbole taoïste du fonctionnement de l'Univers. Il représente l'action réciproque des deux forces primordiales, le *Yin* et le *Yang*, et ce rythme éternel de la nature, c'est le Tao. Au lieu de *Yang* et *Yin*, vous pouvez dire : la Lumière et l'Obscurité, le Positif et le Négatif, l'Homme et la Femme, le Soleil et la Lune... le choix ne manque pas! Ce cercle vous montre comment lorsque le *Yang* ou Force Positive tombe à son point le plus bas, il devient *Yin* ou Force Négative, et comment, lorsque cette dernière arrive à son zénith, elle se transforme naturellement en Force Positive à son déclin. Le Tao, doctrine suprême, exprimée en un symbole d'une suprême simplicité!

— Quelle est la signification du point placé dans chacune des deux moitiés du cercle? demanda le juge, intéressé malgré lui.

— La présence de ces deux points nous rappelle que le Positif recèle le germe du Négatif, et vice-versa. Cela s'applique à tout ce qui existe, l'homme et la femme compris. Chaque homme a dans sa nature une parcelle d'élément féminin, et chaque femme un petit peu de masculinité.

— C'est très vrai, murmura pensivement le juge. Il me semble avoir vu quelque part un de ces cercles avec une division horizontale. Cela a-t-il une signification particulière?

— Pas que je sache. La ligne de division doit être disposée verticalement, comme dans mon dessin. Mais ne faisons pas attendre le Père-Abbé plus longtemps, ce vieil ami est plutôt formaliste!

Lorsqu'ils furent sur le palier, Souen dit vive-

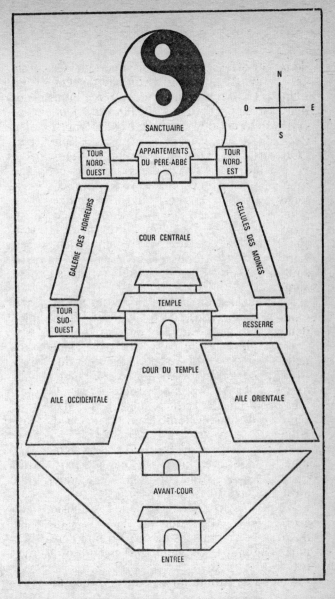

PLAN SCHÉMATIQUE DU MONASTÈRE

ment : « Attention, la balustrade est brisée. Les frères-lais doivent en mettre une nouvelle, mais la préparation de la fête prend tout leur temps, paraît-il. En réalité, ce sont des paresseux! Donnez-moi le bras, je ne suis pas sujet au vertige. »

VIII

*Le juge Ti assiste à un banquet
au cours duquel il mange fort peu;
le poète Tsong Li vide de nombreuses tasses
de vin.*

Les deux hommes descendirent l'escalier en
colimaçon. L'atmosphère était humide et glaciale, et le magistrat fut heureux d'arriver au
réfectoire chauffé par de nombreux braseros.

Le petit Prieur s'avança vers eux, clignant des
paupières avec nervosité. Son extrême désir de les
traiter avec un degré égal de politesse le fit
s'empêtrer plusieurs fois dans ses laborieuses
phrases de bienvenue. Il finit cependant par les
conduire au fond du réfectoire où le Père-Abbé
les attendait à la table principale. Le juge s'effaça
pour laisser Maître Souen s'asseoir à la droite du
Supérieur, mais le taoïste protesta qu'il n'avait
plus de rang officiel et que le magistrat –
représentant le Gouvernement Impérial – avait
droit à la place d'honneur. Le juge dut s'incliner,
et les trois hommes s'assirent ensemble, tandis
que le Prieur, l'Aumônier et Tsong Li prenaient
place à une table plus petite.

Le Père-Abbé leva sa tasse en regardant ses
deux compagnons; à ce signal, les moines répartis
entre quatre longues tables saisirent leurs baguettes avec empressement. Le juge nota que Kouan
Lai, sa femme et les deux autres comédiennes

étaient servis à part, près de l'entrée du hall. Tao Gan venait de se joindre à eux; de Mo Mo-té, nulle trace.

Le magistrat contempla sans enthousiasme le poisson froid que le Supérieur plaçait sur son assiette. Le bol de riz gluant parsemé de raisins secs ne lui parut pas plus tentant. Il ne se sentait guère d'appétit. Pour dissimuler sa répugnance, il demanda :

– Je croyais qu'on ne servait ni viande ni poisson dans les monastères taoïstes?

– Nous observons strictement la règle monastique, répondit le Père-Abbé en souriant. Nous nous abstenons de toute boisson alcoolisée. Ma tasse contient du thé. Pas la vôtre, cependant. Nous faisons une exception en faveur de nos honorables invités sur ce point, mais pour tout le reste nous nous en tenons rigoureusement au régime végétarien. Ce poisson est fait avec une pâte de soja, et ce qui paraît, là-bas, être un poulet rôti, a été façonné avec de la farine et de l'huile de sésame.

Le visage du juge Ti se rembrunit; sans être un gourmet, il aimait du moins savoir ce qu'il mangeait. Il avala une petite bouchée du poisson en pâte de soja et faillit s'étouffer. Voyant le Supérieur guetter son impression, il s'empressa de dire :

– C'est vraiment délicieux; vous avez d'excellents cuisiniers.

Il vida sa tasse d'un trait. Au moins, ce vin de riz tiède se laissait boire. Le poisson factice placé sur son assiette semblait fixer lugubrement sur lui son œil noirâtre, en réalité un minuscule pruneau. Sans savoir pourquoi, cela le fit penser au Supérieur défunt.

Après le banquet, déclara-t-il, j'aimerais visiter le Temple. Je serais heureux aussi d'aller me recueillir devant la dépouille de votre prédécesseur.

Le Père-Abbé posa son bol de riz.

– L'humble moine que je suis montrera le Temple avec plaisir à Votre Excellence, répondit-il. Quant à la crypte, on ne peut malheureusement pas l'ouvrir en cette saison. Si nous y descendions maintenant, l'humidité de l'atmosphère risquerait de détériorer le corps. On a retiré les intestins avant de procéder à l'embaumement, mais d'autres organes pourraient tomber en décomposition.

Ces précisions physiologiques enlevèrent au juge le peu d'appétit qui lui restait. Il se hâta d'avaler une autre tasse de vin. L'emplâtre d'écorces d'oranges avait eu un bon effet sur sa migraine, mais il se sentait toujours aussi courbaturé et commençait à avoir mal au cœur. Il jeta un regard d'envie à Souen Ming qui dévorait son ersatz de poisson avec un plaisir visible.

Après avoir achevé le contenu de son bol, le taoïste s'essuya la bouche avec une serviette chaude que lui tendait un novice et déclara :

– L'ancien Supérieur de ce monastère était un grand lettré. Les textes les plus abstrus n'avaient pas de secrets pour lui, sa calligraphie était parfaite. et il peignait à la perfection les fleurs et les animaux.

- J'aurai grand plaisir à voir ses œuvres, dit poliment le juge Ti. La bibliothèque du monastère est certainement riche en peintures et en manuscrits de sa main?

- Hélas, non, répondit le Père-Abbé. Sur ses instructions formelles, tous les papiers de ce genre ont été enfermés avec lui dans la crypte.

– Louable modestie, approuva Maître Souen. Mais attendez... il y a une peinture que vous pourrez voir, Ti. Le dernier portrait de son chat favori est accroché dans la chapelle latérale. Je vous y conduirai après le repas.

Le Temple était probablement glacial, et le chat de l'ex-Supérieur n'offrait aucune espèce d'intérêt pour le juge. Il répondit cependant qu'il serait enchanté de voir le tableau.

Souen Ming et le Père-Abbé se penchaient maintenant sur une sorte d'épais potage. Le juge toucha du bout de ses baguettes les particules impossibles à identifier qui flottaient sur le liquide brunâtre et comprit qu'il n'aurait pas le courage de goûter à ce nouveau plat. Se torturant l'esprit pour trouver quelques phrases polies, il posa une question qu'il espérait intelligente sur l'organisation du clergé taoïste. Le Supérieur, mal à l'aise semblait-il, fit une brève réponse et se tut.

A cet instant, les convives de la table voisine vinrent leur porter un toast. Sous prétexte de rendre cette politesse, le juge les raccompagna et s'assit en face de Tsong Li qui avait dû faire honneur au vin tiède, comme en témoignaient sa bonne humeur et la rougeur de son visage. Le Prieur informa le juge que l'essieu de sa voiture était remplacé. « Les frères-lais de service à l'écurie », ajouta-t-il, « ont donné à manger à vos chevaux après les avoir bien bouchonnés. Notre honorable visiteur pourra donc continuer son voyage demain matin, à moins qu'il ne daigne prolonger son séjour parmi nous, ce qui nous comblerait de joie! »

Le juge le remercia chaleureusement, sur quoi

le Prieur murmura d'autres paroles polies et le pria de bien vouloir l'excuser, ainsi que l'Aumônier, tous deux devant aller assister au service du soir.

Demeuré seul avec le poète, le juge Ti remarqua :

— Je ne vois ni Madame Pao ni sa fille.

— Sa fille? répéta Tsong Li d'une voix pâteuse. Prétendez-vous sérieusement, Vénérable Seigneur, qu'une jeune personne aussi raffinée... et aussi mince... puisse avoir été engendrée par ce vulgaire tas de graisse?

— Le passage des années, répliqua diplomatiquement le juge, modifie parfois d'étonnante façon le corps humain.

Le poète eut un hoquet vineux.

— Excusez-moi, gargouilla-t-il. Ces gens-là essaient de nous empoisonner avec leur immonde nourriture. Elle me fait chavirer l'estomac. Mais permettez-moi de vous dire que Madame Pao n'appartient pas au meilleur monde. Conclusion logique : Rose-Blanche n'est pas sa fille! Agitant son index sous le nez du juge, il demanda d'un ton mystérieux : « Êtes-vous sûr qu'on ne force pas cette infortunée à se faire nonne contre son gré? »

— Le meilleur moyen de le savoir, c'est de lui poser la question. Où sont ces dames?

— En train de dîner dans leur chambre, sans doute. Sage précaution! Ce serait un crime d'exposer une pure jeune fille aux regards libidineux de tous ces moines. Pour une fois, le tas de graisse a eu raison.

— Il me semble que vous-même ne vous privez pas de la regarder!

Le poète se redressa – non sans difficulté – et annonça solennellement :

— Mes intentions sont tout ce qu'il y a de plus honorables!

— Je suis heureux de l'apprendre. A propos de la crypte dont vous m'avez parlé, j'ai dit au Supérieur que j'aimerais la visiter, mais il m'a répondu qu'on ne l'ouvrait jamais à cette époque de l'année.

— Voilà donc sa tactique, à présent, murmura Tsong Li.

— Y êtes-vous descendu vous-même? demanda le magistrat.

— Pas encore... mais je vais le faire sans tarder! Ils ont empoisonné le pauvre homme comme ils essaient en ce moment de nous empoisonner. Notez bien ce que je vous dis!

— Vous êtes ivre, répliqua le juge avec dégoût.

— Je ne le nie pas. C'est le seul moyen de rester sain d'esprit dans un pareil dépôt mortuaire. Mais je vous assure que le vieil Abbé était bien lucide quand il a écrit sa dernière lettre à mon père.

Le juge Ti haussa les sourcils.

— Disait-il dedans que son existence était menacée? demanda-t-il.

Le poète fit oui de la tête et vida une nouvelle tasse de vin.

— Qui soupçonnait-il?

Tsong Li reposa brutalement sa tasse.

— Si je réponds à cette question, vous m'accuserez de dénonciation calomnieuse, déclara-t-il sur un ton de reproche. Je connais la loi, Magistrat! Se penchant vers son interlocuteur, il ajouta : « Je parlerai quand j'aurai rassemblé toutes les preuves! »

Le juge caressa doucement ses favoris. Le jeune ivrogne l'écœurait, mais son père avait

78

laissé la réputation d'un homme au caractère élevé. On se souvenait encore de lui avec respect aussi bien dans les milieux officiels que littéraires, et si le vieil Abbé lui avait écrit un peu avant de mourir qu'il craignait pour sa vie, une enquête s'imposait. Il demanda :

— Qu'en pense l'actuel Père-Abbé?

Avec un sourire entendu, le poète répondit :

— Posez-lui la question, Magistrat. A vous, il n'osera peut-être pas mentir.

Le juge Ti se leva et rejoignit sa table. Pendant qu'il s'asseyait, le Supérieur dit d'un ton amer :

— Je vois que Monsieur Tsong est encore ivre. Comme il ressemble peu à son défunt père.

— Le docteur Tsong n'était-il pas un des bienfaiteurs de ce monastère? s'enquit le juge en avalant une gorgée du thé fort qu'on servait à la fin des repas.

— L'un de nos plus généreux bienfaiteurs, répliqua le Père-Abbé. Quelle famille remarquable, Votre Excellence! Le grand-père était un pauvre coolie né dans le Sud. Il demeurait des heures assis sous la fenêtre de l'école et apprit à écrire en traçant sur le sable les caractères que l'instituteur dessinait au tableau noir. Lorsqu'il eut passé avec succès l'examen local, les commerçants se cotisèrent pour lui permettre de continuer ses études et il sortit premier au concours de la province. Nommé magistrat, il prit pour femme une jeune fille appartenant à une ancienne famille qui avait eu des revers de fortune et mourut Préfet. Le docteur Tsong était son fils aîné. Il passa brillamment ses examens, épousa la fille d'un riche marchand de thé, et termina sa carrière comme Gouverneur Provincial. Il sut placer son argent avec sagesse et c'est à lui que la famille doit son immense fortune.

— Pauvre ou riche, bien né ou non, tout homme de talent peut s'élever jusqu'aux plus hautes fonctions, et c'est pourquoi l'Empire Fleuri prospérera éternellement, dit le juge avec fierté. Pour en revenir à votre prédécesseur, de quelle maladie est-il mort?

Le Père-Abbé posa sa tasse et dit doucement :

— Sa Sainteté Miroir-de-Jade n'est pas mort de maladie, il a été ravi au Ciel. Lorsqu'il sentit que la limite fixée pour son séjour sur la terre était atteinte, il décida lui-même de gagner les Iles Bienheureuses en parfaite santé et en pleine possession de ses facultés mentales. Ce fut un impressionnant miracle dont se souviendront toujours ceux qui ont eu le privilège d'en être les témoins.

— Un fait mémorable, Ti! intervint Maître Souen. J'étais présent. L'Abbé envoya chercher les anciens et, assis sur son trône, prêcha un sermon d'inspiration céleste pendant près de deux heures. Se croisant ensuite les bras, il ferma les yeux et rendit l'âme.

Le juge hocha la tête. Le jeune poète avait dû divaguer sous l'empire de la boisson. A moins que ses paroles ne soient l'écho de rumeurs malveillantes.

— Pareil miracle doit exciter l'envie des autres sectes, dit-il. Les robes noires bouddhistes n'ont-elles pas essayé de le ternir avec des interprétations tendancieuses?

— Cela ne m'étonnerait nullement de leur part, répliqua le Père-Abbé.

— En tout cas, reprit le magistrat, si des

personnes malintentionnées se livraient à ce petit jeu, une autopsie permettrait de les confondre. Les signes de violence sont décelables même après l'embaumement.

– Espérons que les choses n'en viendront jamais là, dit Souen en souriant. Il est temps que j'aille reprendre mes études. Mais je veux d'abord vous montrer le portrait que Miroir-de-Jade a fait de son chat. C'est pour nous une véritable relique, Ti!

Le juge étouffa un soupir. Après avoir remercié le Supérieur de son aimable réception, il suivit le lettré taoïste. En passant près de la table des comédiens, il dit à Tao Gan :

– Attends-moi dans le couloir. Je n'en ai pas pour longtemps.

Maître Souen lui fit prendre un passage latéral qui les conduisit à la salle Ouest du Temple.

Quatre cierges brûlaient devant un autel fort simple. Souen Ming en prit un pour éclairer la peinture accrochée au mur. Montée sur un support de brocart ancien, elle représentait un chat gris à longs poils couché sur une table d'ébène sculptée. Une balle en laine gisait à côté de l'animal; derrière lui se trouvaient une petite roche de forme curieuse et quelques bambous dans un petit bassin de bronze.

– C'était le chat favori de Miroir-de-Jade, expliqua Souen à mi-voix. Le vieil homme l'a peint un grand nombre de fois. C'est bon, n'est-ce pas?

« Du très médiocre travail d'amateur », pensa le juge. Mais il se dit que cette œuvre avait une valeur sentimentale pour les habitants du monastère, et, pressé de quitter le Temple encore plus glacial qu'il ne l'avait craint, il déclara poliment : « Remarquable... vraiment remarquable! »

– C'est la dernière peinture exécutée par Miroir-de-Jade, poursuivit Souen. Elle a été faite dans sa chambre, l'après-midi même du jour où il fut ravi au Ciel. Le chat a refusé toute nourriture et est mort une semaine plus tard. Après cela, certaines gens prétendront encore que ces animaux sont incapables de s'attacher à leurs maîtres! Je vous conseille, à présent, d'aller voir les statues de la Triade taoïste, dans la grande chapelle. Elles ont plus de dix pieds de haut et sont l'œuvre d'un sculpteur réputé. Je vous laisse, mais j'espère vous dire au revoir demain matin, avant votre départ.

Le magistrat l'accompagna respectueusement jusqu'à la porte, puis reprit le chemin du réfectoire. Il verrait les statues plus tard; depuis deux cents ans qu'elles étaient là, elles pouvaient attendre encore un peu.

Il trouva son lieutenant dans le couloir; Tao Gan fit son rapport à voix basse :

– Toujours pas de nouvelles de Mo Mo-té, Noble Juge. D'après Kouan Lai, ce garçon est d'humeur vagabonde. Il disparaît de temps à autre sans qu'on sache ni où ni quand on le reverra. Ses camarades ont beaucoup parlé pendant le festin, mais ils ignorent ce qui se passe ici et s'en moquent totalement. Le repas a été des plus agréables. Il y a eu un seul incident à la table des frères-lais : l'un des moines s'est plaint de n'avoir ni bol ni baguettes et les frères ont été réprimandés pour leur négligence.

– Tu appelles cela un repas agréable? J'ai bu quelques tasses de vin et un peu de thé, tout le reste m'a soulevé le cœur.

– Moi, je ne me plains pas, répliqua Tao Gan,

la nourriture était copieuse et je n'ai pas dépensé une seule sapèque!

Le magistrat sourit; il connaissait la parcimonie de son lieutenant. Ce dernier poursuivit : « Kouan m'a invité à venir boire une dernière coupe chez lui, mais je veux faire d'abord un tour dans les couloirs. J'y rencontrerai peut-être notre mystérieux Mo Mo-té. »

– C'est une bonne idée. Je vais rendre visite à Madame Pao et à sa fille. Je me demande quel lien il peut y avoir entre elles et Mademoiselle Ngeou-yang. Tsong Li prétend que Rose-Blanche n'est pas la fille de la grosse dame et qu'elle se fait nonne contre son gré. Mais ce garçon était ivre quand il m'a raconté cela. Il soutient aussi que l'ancien Supérieur a été assassiné. J'ai questionné Maître Souen et le Père-Abbé à ce sujet et là encore je crois que le poète a divagué. Sais-tu où se trouve la chambre des dames Pao?

– Au premier étage, Votre Excellence. Second couloir, cinquième porte.

– Parfait. Je te rejoindrai plus tard chez Kouan. Il me semble qu'on n'entend plus pleuvoir. Nous pouvons passer par la cour pour gagner l'aile orientale.

Un novice apparut à cet instant. Il était trempé jusqu'aux os et les informa que si la tempête se calmait un peu, en revanche la pluie tombait toujours aussi dru. Le juge et son lieutenant durent se résigner à faire le grand tour et, après avoir traversé le Temple à présent plein de moines, ils se séparèrent devant la salle des fêtes.

Le juge trouva le premier étage désert. De rares lanternes dispensaient une maigre clarté dans les corridors, et seul le crissement de sa robe de brocart troublait le profond silence.

Au moment où il comptait les portes du second couloir, il crut entendre un murmure étouffé. Prêtant l'oreille, il perçut un froufrou soyeux derrière lui en même temps qu'un parfum fade montait jusqu'à ses narines. Il voulut se retourner, mais une douleur fulgurante lui traversa la tête et tout devint ténèbres.

IX

*Le juge Ti se réveille
dans un lit inconnu;
une jeune comédienne
lui raconte ses amours.*

Quand le magistrat revint à lui, il eut l'impression que son rhume s'était soudain aggravé. Sa tête lui faisait un mal atroce et il éprouvait une curieuse sensation de vide au creux de l'estomac.

Un délicat parfum féminin lui fit ouvrir les yeux. Il vit avec étonnement des rideaux de soie bleue et s'aperçut qu'il était allongé sur un lit qu'il ne connaissait pas. Portant la main à sa tête, il découvrit que l'emplâtre avait disparu. Derrière son crâne une grosse bosse le gênait. Il la tâta d'un doigt précautionneux et fit une vilaine grimace.

– Buvez ceci, murmura une voix douce.

Mademoiselle Ting se penchait sur lui, une tasse à la main. Elle passa un bras autour de son épaule pour l'aider à s'asseoir. Un vertige le saisit. La comédienne le soutint, et quand il eut avalé un peu de thé bouillant, il se sentit mieux. La conscience de ce qui avait précédé son évanouissement lui revint peu à peu.

– Quelqu'un m'a frappé par derrière! s'écriait-il en fixant la jeune femme d'un œil soupçonneux. Quel est votre rôle dans cette histoire?

Mademoiselle Ting s'assit au bord du lit et expliqua d'un ton placide :

– J'ai entendu un choc violent contre ma porte. Ayant ouvert, je vous ai vu allongé par terre sans connaissance, la tête contre le chambranle. J'ai supposé que votre intention était de me rendre visite et je vous ai tiré chez moi. Il est heureux que je sois robuste, car vous pesez lourd et cela n'a pas été une petite affaire de vous mettre sur le lit! Ensuite je vous ai baigné les tempes avec de l'eau froide jusqu'à ce que vous ouvriez les yeux. Je n'en sais pas davantage.

Le juge fronça les sourcils.

– Qui était dans le couloir?

– Personne.

– Avez-vous entendu des pas?

– Non.

– Passez-moi votre sachet de parfum.

Mademoiselle Ting détacha docilement de sa ceinture un petit sachet de brocart et le tendit au magistrat. Il l'approcha de ses narines : le parfum était agréable, très différent de la fade odeur qu'il avait remarquée avant de s'évanouir.

– Combien de temps suis-je resté sans connaissance?

– Assez longtemps; deux heures peut-être. Il n'est pas loin de minuit maintenant. Le regardant avec une moue espiègle, elle demanda : « Quel est le verdict de Son Excellence : coupable ou non coupable? »

Le juge ne put s'empêcher de sourire.

– Pardonnez-moi, dit-il. Mes idées ne sont pas encore très nettes. Je vous dois beaucoup, Mademoiselle Ting. Sans vous, celui qui m'a frappé m'aurait vraisemblablement achevé.

– Le bandage placé sous votre bonnet vous a

sauvé la vie, répondit-elle. Les écorces d'orange ont amorti le choc qui, sans cela, vous aurait ouvert le crâne.

– Mes épouses ont insisté pour me faire porter cet emplâtre. Je devrais aller les remercier tout de suite, mais il faut d'abord que je retrouve mon agresseur.

Il voulut se lever; un brusque vertige le contraignit à s'étendre de nouveau.

– Pas si vite, Noble Juge, s'écria Mademoiselle Ting. Vous avez reçu un fameux coup, vous savez! Acceptez plutôt l'aide de mon bras jusqu'à ce fauteuil.

Quand il fut assis devant une table branlante, son hôtesse alla tremper l'emplâtre dans une cuvette de cuivre. Je vais vous remettre le bandage, annonça-t-elle. Cela aidera votre bosse à désenfler.

Tout en buvant son thé, le magistrat étudiait le visage aimable et franc de la jeune comédienne. Elle pouvait avoir vingt-cinq ans. Sans être une beauté elle était séduisante au possible et sa souplesse d'acrobate bien entraînée donnait au moindre de ses gestes une grâce particulière. Un fourreau de soie noire coupé d'une large ceinture cerise mettait en valeur la minceur de sa taille et la fermeté de ses petits seins. Lorsqu'elle eut fini de replacer le bandage et rajusté par-dessus son bonnet de velours noir, le juge lui dit :

– Asseyez-vous et bavardons un peu pendant que j'achève de reprendre mes esprits. Je voudrais savoir pourquoi, intelligente et jolie comme vous êtes, vous avez choisi cette profession? Comprenez-moi bien, je ne la trouve pas déshonorante, mais il me semble qu'avec vos dons, vous auriez pu avoir une existence plus agréable.

Mademoiselle Ting haussa les épaules. Versant une nouvelle tasse de thé au magistrat, elle répondit :

– J'ai bien peur de n'être qu'une créature capricieuse et obstinée, Noble Juge. Mon père tient une petite pharmacie dans la capitale et – pour son malheur – il a cinq filles! Je suis l'aînée. Il voulait me vendre comme concubine au marchand d'élixirs, sirops et purgatifs divers à qui il devait de l'argent. Je trouvais ce vieux bonhomme peu ragoûtant, mais l'alternative était la maison de joie, ce qui ne me souriait pas davantage. J'avais toujours été robuste et sportive, aussi, avec la permission paternelle, j'entrai dans la troupe de Monsieur Kouan. Monsieur Kouan nous prêta en retour la somme dont mon père avait besoin. J'eus vite fait d'apprendre à jouer la comédie, à danser et à jongler. Au bout d'un an, mon directeur était rentré dans son argent, intérêts compris. C'est un brave homme, il ne m'a jamais fait du plat, ni contrainte d'accorder mes faveurs à ceux qui nous emploient, aussi suis-je restée dans sa troupe. Elle fronça son joli petit nez et conclut : « Je sais qu'aux yeux des gens, les acteurs sont tous des aventuriers et les actrices toutes des putains, mais je puis vous assurer que Monsieur Kouan est un honnête homme. Quant à moi, je ne prétends pas être une petite sainte, mais je n'ai jamais vendu mon corps, et je ne le vendrai jamais. »

– Je vous crois, mon enfant. Vous dites que Kouan ne vous a jamais importunée... diriez-vous la même chose de Mo Mo-té?

Oh, lui a couru après moi au début. Plutôt par habitude que par désir réel. Ce qui ne l'a pas empêché de prendre très mal mon refus. Son petit amour-propre masculin a été blessé, je suppose! Depuis, il s'est toujours montré odieux, et je le regrette, car il joue merveilleusement du sabre et j'aurais aimé faire un numéro avec lui.

— La façon dont il a traité Mademoiselle Ngeou-yang en scène ne m'a pas plu, remarqua le juge. A votre avis, Mo Mo-té appartient-il à la catégorie des hommes qui prennent un plaisir pervers à torturer les femmes?

— Oh! non. Il est coléreux, mais pas réellement méchant. Vous pouvez m'en croire, je connais ces messieurs!

— Mademoiselle Ngeou-yang a-t-elle aussi repoussé ses avances?

La jeune comédienne hésita.

— Mademoiselle Ngeou-yang, finit-elle par répondre, ne fait partie de notre troupe que depuis peu, et ma foi...

Sans achever, elle vida rapidement sa tasse, la lança en l'air, et la reçut au bout d'une baguette qu'elle prit sur la table. La tasse se mit à tourner.

— Posez cela! dit le juge, agacé. Vous me donnez le vertige. Quand elle eut adroitement attrapé la tasse et l'eut replacée sur la table, il poursuivit : « Répondez à ma question : Mademoiselle Ngeou-yang a-t-elle repoussé les avances de Mo Mo-té? »

— Ce n'est pas la peine de crier, j'allais répondre, dit la jeune femme avec raideur. Mademoiselle Ngeou-yang me témoigne un peu trop d'amitié, si vous comprenez ce que je veux dire. Moi, ce genre de truc-là ne me dit rien, aussi je la tiens à distance. Mais Mo Mo-té est convaincu qu'il y a quelque chose entre elle et moi; et c'est pourquoi il est jaloux et la déteste.

– Je vois. Il y a longtemps que Mo Mo-té fait partie de votre troupe?

– Un an. Je ne le crois pas acteur professionnel. C'est plutôt un garçon qui aime rouler sa bosse à travers l'Empire et qui gagne son riz de façon et d'autre. Mo n'est pas son vrai nom; j'ai vu un jour qu'une de ses vestes était marquée « Liou », mais il a prétendu qu'il l'avait achetée à un fripier. Autre chose : il est déjà venu dans ce monastère.

– Comment savez-vous cela? demanda vivement le juge.

– Le jour même de notre arrivée, il était capable de s'y reconnaître dans les couloirs. Cette grandiose baraque nous donne à tous la chair de poule et nous quittons nos chambres le moins possible, mais Mo Mo-té la parcourt continuellement sans crainte de se perdre. »

– Soyez sur vos gardes avec lui, c'est peut-être un dangereux criminel. Mademoiselle Ngeou-yang m'intrigue aussi.

– De quoi la soupçonnez-vous?

– De rien. Mais je ne serais pas fâché d'en savoir un peu plus long sur son compte, répondit le juge en regardant Mademoiselle Ting d'un air interrogateur.

– J'ai promis à Monsieur Kouan de garder le secret, dit-elle après avoir hésité un instant, mais vous êtes notre Magistrat et cela change tout. Et puis je ne voudrais pas que vous soupçonniez Mademoiselle Ngeou-yang de mauvais desseins. Ce n'est pas une actrice et elle ne s'appelle pas Ngeou-yang. J'ignore son nom réel, je sais seulement qu'elle vient de la capitale et qu'elle est riche. Elle a versé une grosse somme à Monsieur Kouan pour qu'il propose ses services au Monastère du Nuage Matinal pendant les fêtes commémoratives et pour être engagée dans la troupe à cette occasion. Son seul but, a-t-elle juré à Monsieur Kouan, était d'avertir de quelque chose une personne qui se trouvait ici. Pour cela, il fallait qu'elle joue une scène avec son ours dans un maquillage de son choix. Monsieur Kouan n'a rien vu de mal là-dedans, et, puisque nous y trouvions double profit, il a tout de suite accepté. Elle n'a pas participé aux répétitions avec les moines et nous a laissés la tâche de montrer à ces lourdauds comment se débrouiller en scène. Mo Mo-té ne nous a pas beaucoup aidés non plus.

— Croyez-vous qu'ils se connaissent déjà tous les deux?

— Je l'ignore. Quand ils sont ensemble, ils se querellent tout le temps. Ce soir, elle s'est maquillée de façon à ressembler à Mademoiselle Pao. Notre directeur lui a demandé pourquoi et elle a répondu qu'elle savait ce qu'elle faisait. En vous voyant entrer dans notre loge, Monsieur Kouan a cru que sa protégée avait contrevenu de façon quelconque à la loi et que vous veniez procéder à une enquête. Voilà toute l'histoire, mais ne dites à personne que je vous ai mis au courant!

Le juge acquiesça. Cette révélation n'éclaircissait rien, pensa-t-il. Au contraire. Il se leva pour prendre congé de la jeune femme, mais, dès qu'il fut debout, son estomac se souleva. Faisant signe à la comédienne de le laisser seul, il se précipita vers la table de nuit et vomit abondamment.

Après s'être lavé le visage et peigné la barbe, il se sentit mieux. La tête ne lui tournait plus, sa migraine avait complètement disparu. Il but une dernière tasse de thé et rappela Mademoiselle Ting.

— Je vous laisse, dit-il en souriant. Merci encore pour votre intervention opportune. Si vous avez besoin d'aide un jour, venez me trouver, je n'oublie jamais les services qu'on m'a rendus.

La jeune femme baissa les yeux et se mit à jouer avec le pan de sa ceinture cerise, puis, relevant brusquement la tête, elle dit :

– Je voudrais vous demander un conseil, Noble Juge. Il s'agit d'un problème d'ordre intime. C'est un peu embarrassant, mais, comme magistrat, vous devez en avoir entendu de toutes les couleurs! Enfin voilà : à parler franc, les petites aventures amoureuses que j'ai eues jusqu'ici ne m'ont pas donné le plaisir que j'en attendais. D'un autre côté, je me sens... attirée par Mademoiselle Ngeou-yang plus que par n'importe lequel des garçons que j'ai rencontrés. Je me répète que ce sentiment est absurde et finira bien par passer, mais, après tout, je n'ai peut-être pas de dispositions pour le mariage! Si j'épousais un homme, ça m'ennuierait de le rendre malheureux, Noble Juge. Alors, à votre avis, que dois-je faire?

Le juge Ti voulut se gratter le crâne, mais une vive douleur arrêta son geste. Il se contenta de tortiller sa moustache.

– Ne prenez pas de décision trop précipitée, dit-il. Peut-être n'aimiez-vous pas réellement ces garçons. Ou peut-être ne vous aimaient-ils pas comme il faut. Dites-vous bien que ces liaisons passagères ne peuvent se comparer au mariage. Il faut vivre de façon continue dans l'intimité l'un de l'autre pour arriver à la compréhension mutuelle qui est la base d'une heureuse union. Mademoiselle Ngeou-yang a pour elle l'attrait du mystère. Cela, ajouté à ses flatteuses attentions, peut expliquer le sentiment qu'elle vous inspire, mais ne vous jetez pas sans réfléchir dans une aventure qui risquerait de fausser à jamais votre comportement sentimental. Tenez plutôt cette jeune femme à distance jusqu'au moment où vous verrez plus clair dans votre cœur, et attendez, pour prendre une décision, d'être sûre d'elle... et de vous. En tant que magistrat, j'ajouterai ceci : vous êtes toutes deux majeures et libres, et votre vie amoureuse ne me regarde pas, la loi n'ayant à intervenir que s'il s'agit de mineurs ou de personnes dépendant d'un maître. Laisser chacun arranger sa vie privée comme bon lui semble aussi longtemps qu'il ne porte préjudice à personne, voilà l'esprit des lois qui nous régissent.

— Tsong Li est sans cesse en train de faire des plaisanteries déplacées sur nous, murmura la comédienne.

— Ne vous occupez pas de ce petit étourdi. A l'en croire, Mademoiselle Pao se ferait nonne contre son gré.

— Mais c'est complètement faux, Noble Juge! J'ai bavardé à plusieurs reprises avec cette jeune fille — sa chambre est au même étage que la mienne —, et elle est très heureuse d'entrer en religion. Elle m'a laissé entendre qu'elle avait eu une déception sentimentale et qu'elle désirait quitter le monde.

— J'allais chez Madame Pao quand on m'a attaqué. Il est trop tard pour lui rendre visite maintenant, j'attendrai demain matin. La chambre de Mo Mo-té se trouve-t-elle aussi à cet étage?

— Oui, Seigneur Juge. Mademoiselle Ting compta sur ses doigts. C'est la quatrième à droite, après le premier tournant.

— Merci encore, dit le magistrat en gagnant la porte. Et ne vous tourmentez pas trop!

Elle s'inclina, un sourire de gratitude sur les lèvres.

X

*Le juge Ti passe
un désagréable quart d'heure;
Mademoiselle Ngeou-yang apparaît
sous un jour tout à fait nouveau.*

Le juge Ti jeta un coup d'œil à droite et à gauche. Il était improbable que son assaillant l'attendît au dehors, mais on ne savait jamais! Rassuré à demi par le silence du couloir, il avança en réfléchissant à sa mésaventure. Pour lui porter ce genre de coup, son agresseur devait être un homme grand et fort... Mo Mo-té remplissait bien ces conditions, mais quel aurait été son mobile? Le juge en voyait un : si l'acteur était un déséquilibré sadique et s'il avait entendu le magistrat s'entretenir avec le Père-Abbé du décès suspect des trois jeunes filles, il pouvait craindre qu'une enquête fît découvrir l'histoire de la femme au bras coupé. En ce cas, la scène aperçue par la fenêtre du couloir n'aurait donc pas été une hallucination. Il faudra, se dit le juge, que je demande au Père-Abbé le nom de l'acteur qui a ouvert la porte pendant notre conversation.

L'histoire de Mademoiselle Ngeou-yang le tracassait aussi. Cette fille s'était fait la tête de Mademoiselle Pao pour « avertir » celle-ci ou sa mère. Les avertir de quoi? Et elle avait probablement menti à Kouan : il était invraisemblable qu'une jeune fille appartenant aux milieux fortunés de la capitale possédât un ours savant. Non, Mademoiselle Ngeou-yang faisait plutôt partie d'une ménagerie ambulante, et elle s'était jointe à la troupe de Kouan sur l'ordre d'une autre personne, pour l'instant inconnue. Il y avait de quoi s'y perdre!

Secouant mélancoliquement la tête, le juge s'arrêta devant la quatrième porte à gauche après le tournant. Il frappa. Comme il s'y attendait, personne ne répondit. La serrure n'était pas fermée à clef, quelle belle occasion d'examiner les bagages de Mo Mo-té!

Le juge entra. Dans l'obscurité, il distingua vaguement une grande armoire entrouverte et une table sur laquelle se trouvait une bougie. Comme il sortait un briquet de sa manche, il entendit derrière lui un grognement irrité.

Se retournant, il aperçut, presque au ras du plancher, deux yeux verdâtres qui le fixaient méchamment. Petit à petit ces yeux s'élevèrent tandis que le déplacement d'une masse pesante faisait gémir les lames du parquet.

La retraite du juge était coupée. Il fit à tâtons le tour de la table et se précipita dans l'armoire dont il referma le battant sur lui.

Les grognements s'amplifièrent. Il entendit les griffes de l'ours gratter le bois du meuble.

Le magistrat maudit sa distraction. Il se souvenait à présent que Mademoiselle Ting avait parlé de la quatrième porte *à droite*. Il était entré par erreur dans la chambre opposée, celle de Mademoiselle Ngeou-yang à en juger par la présence du redoutable animal.

Les grattements cessèrent, le plancher fléchit : l'ours s'installait devant l'armoire.

La situation n'avait rien d'agréable. Mademoiselle Ngeou-yang ne tarderait probablement pas à rentrer, mais, en attendant, le magistrat était à la merci de cette dangereuse brute et il n'avait aucune idée de la façon dont fonctionnait le cerveau d'un plantigrade. L'animal allait-il essayer de défoncer la porte de l'armoire? Elle paraissait solide, mais si la bête se jetait de tout son poids contre le meuble, celui-ci risquait de s'effondrer.

La place était mesurée pour un homme de la taille du juge. Il avait beau se recroqueviller, les planches du haut exerçaient une douloureuse pression sur l'arrière de son crâne. Et il commençait à suffoquer.

Il entrouvrit le battant avec précaution. Une bouffée d'air frais arriva jusqu'à ses narines, mais un brutal coup de patte ébranla aussitôt le meuble tandis que les grognements reprenaient de plus belle. Le juge se dépêcha de refermer la porte.

Bientôt, il étouffa de nouveau et sentit la sueur couler le long de son corps. Comment sortir de cette dangereuse situation? S'il ouvrait encore, l'ours aux aguets n'en profiterait-il pas pour glisser sa patte?

Au moment où il décidait à courir ce risque, il entendit quelqu'un entrer dans la chambre et une voix bougonna :

— Te voilà encore à la chasse aux souris? A ton coin... tout de suite!

Un gémissement du plancher indiqua que l'animal s'éloignait de l'armoire. Le juge entrouvrit la porte et respira l'air pur avec volupté. Il vit Mademoiselle Ngeou-yang allumer la bougie, puis prendre une poignée de fruits confits dans le tiroir de la coiffeuse et les lancer à l'ours.

– Bien attrapé! dit-elle. L'animal répondit par un petit grognement satisfait.

Le juge soupira. Sa dignité allait souffrir lorsqu'il sortirait de sa cachette, mais cette légère blessure d'amour-propre était préférable au sort qui eût été le sien si la redoutable brute l'avait mis en pièces! Au moment où il s'apprêtait à révéler sa présence, il vit, à son grand embarras, que Mademoiselle Ngeou-yang ôtait sa robe. Le mieux était d'attendre qu'elle eut passé un vêtement de nuit. Il allait donc refermer une fois de plus la porte de l'armoire quand il s'arrêta net : tout minces que fussent les bras nus de l'actrice, leur musculature était plutôt masculine et des poils bruns les couvraient çà et là. Sur celui de gauche on distinguait une longue cicatrice rouge.

Lorsque la robe tomba, révélant le torse d'un jeune homme, le juge toussota pour s'éclaircir la voix et dit :

– Je suis votre Magistrat. Ma présence ici est le résultat d'une méprise. Voyant l'ours s'avancer en grondant, il ajouta vite : « Appelez cette bête, voyons! »

La pseudo Mademoiselle Ngeou-yang contempla le visiteur inattendu avec stupéfaction avant de crier un ordre à l'animal. L'ours trottina vers un coin de la pièce, les poils de son cou hérissés de colère. « Vous pouvez sortir de l'armoire, dit la fausse jeune fille d'un ton sec, il ne vous touchera pas. »

Le juge s'approcha du siège placé près de la table sans quitter de l'œil l'énorme plantigrade.

– Mais asseyez-vous donc! s'écria impatiemment son hôte. Je vous dis que vous n'avez rien à craindre.

– C'est possible, mais je préfère que vous l'attachiez.

Après avoir ôté sa perruque, le jeune homme fixa une grosse chaîne au collier de l'ours et en accrocha l'autre extrémité à un anneau scellé dans le rebord de la fenêtre. Le déclic du cadenas parut au juge Ti le son le plus harmonieux qu'il eût jamais ouï. Il se laissa tomber avec soulagement sur le fauteuil de bambou.

Son hôte enfila un ample vêtement d'intérieur, et, s'asseyant à son tour, demanda :

– A présent que vous connaissez mon secret, qu'allez-vous faire?

– Vous êtes un frère de Mademoiselle Pao, n'est-ce pas?

– C'est exact. Mais la grosse dame n'est pas ma mère, heureusement! Comment avez-vous deviné?

– J'ai trouvé curieux que Mademoiselle Rose-Blanche restât impassible pendant votre scène avec l'ours alors qu'elle avait manifesté une telle frayeur quand Mo Mo-té vous menaçait de son sabre. J'en ai déduit que l'animal ne lui était pas inconnu. Lorsque je vous ai vu ensuite sans maquillage, l'air de famille qui existe entre vous deux a fini de m'éclairer.

– En tout cas, la seule charge qu'on puisse relever contre moi, c'est de m'être fait passer pour un membre de l'autre sexe, délit bien mince, surtout lorsqu'on agit pour une bonne cause.

– Expliquez-vous. Mais d'abord quel est votre nom véritable?

– Kang Yi-té. Je suis le fils aîné de Kang Wou, le grand négociant en riz de la capitale. Rose-Blanche est mon unique sœur. Il y a six lunes, elle est tombée amoureuse d'un jeune étudiant. Mon

98

père ne le jugea pas digne d'elle et refusa de consentir à leur mariage. Peu après, ce garçon fit une chute de cheval en revenant d'une beuverie et mourut, la colonne vertébrale brisée. Dans son désespoir, ma sœur prétendit que le jeune homme était devenu neurasthénique à la suite du refus de notre père et accusa celui-ci d'être responsable de la mort de son galant. Cela ne tenait pas debout, car le garçon buvait déjà plus que de raison avant de la connaître, mais essayez donc de parler logique à une fille bien éprise! Rose-Blanche déclara qu'elle allait prendre l'habit de nonne. Mes parents mirent tout en œuvre pour la faire changer d'avis, ce qui renforça son obstination. Elle menaça de se suicider si on l'empêchait de prononcer ses vœux et, en fin de compte, entra comme novice au Couvent de la Grue Blanche.

Kang se frotta la lèvre supérieure – à l'endroit où, il n'y a pas longtemps, avait dû se trouver une moustache – et continua d'un ton morne :

– C'est un couvent de la capitale. Je m'y suis rendu à plusieurs reprises pour tenter de la raisonner. Je lui parlai de la vie de débauche menée par son prétendant et lui dis que notre père avait fait son devoir en s'opposant au mariage. Seul résultat de mon éloquence : elle refusa de me voir moi aussi. Quand je retournai dans cette maison, l'Abbesse m'informa que Rose-Blanche venait de la quitter et qu'elle ignorait le lieu de sa retraite. Quelques pièces d'argent délièrent la langue du portier. Il me confia que ma sœur avait fait la connaissance d'une pieuse veuve nommée Pao et qu'elle était partie avec elle. Devant l'inquiétude croissante de mes parents, je résolus de poursuivre mon enquête et finis par découvrir que cette Madame Pao avait amené ma sœur ici pour prononcer ses vœux. Je décidai d'y venir à mon tour et d'essayer encore une fois de la raisonner. Sachant qu'elle refuserait de me recevoir, je me déguisai en actrice pour l'approcher — je suis assez svelte et j'ai souvent joué la comédie d'amateurs. Sous le nom et l'apparence de Mademoiselle Ngeou-yang, je m'en fus trouver Monsieur Kouan qui, moyennant une honnête rétribution, me prit dans sa troupe et consentit à se présenter au monastère pour les fêtes commémoratives. Monsieur Kouan n'est au courant de rien et ne peut donc être blâmé, Noble Juge.

« Mon stratagème réussit grâce à Mo Mo-té qui m'a rendu service sans le vouloir avec sa danse du sabre. Ses terribles moulinets ont fait trembler ma sœur pour moi et elle en a oublié son ressentiment. A l'issue de la représentation, elle faussa un instant compagnie à Madame Pao et me dit qu'elle se trouvait dans une situation désagréable. La pieuse dame est très gentille avec elle et la considère comme sa fille, mais n'a qu'une idée : la voir embrasser l'état religieux. Seulement, voilà que dans ce monastère Rose-Blanche a rencontré un autre beau jeune homme, un certain Tsong Li, et, quoiqu'elle ne le connaisse pas encore très bien, elle commence à se demander si elle ne se trompe pas en voulant renoncer au monde. D'un autre côté, elle ne veut pas décevoir Madame Pao qui a tant fait pour elle et l'a consolée quand sa propre famille s'est tournée contre elle. Oui, Noble Juge, ce sont les mots qu'elle a employés : Tournée contre elle! Je l'invitai à me rejoindre dans ma chambre, où nous pourrions discuter tranquillement et choisir la meilleure solution. Je lui suggérai d'enlever sa robe noire. En vêtements de dessous blanc, tout le

100

monde la prendrait pour moi. Elle fit un rouleau bien serré de sa robe et le fourra dans sa manche en me quittant. »

Kang Yi-té se gratta la tête et reprit d'un ton lugubre :

— Je me préparais à la suivre, mais cet imbécile de Tsong Li m'arrêta. Quand j'eus réussi à me débarrasser de lui, je courus vers ma chambre. Rose-Blanche ne s'y trouvait pas. J'allai chez Madame Pao. Il n'y avait personne non plus dans son appartement. Dégoûté, j'ai bu quelques coupes avec Kouan Lai, puis je suis retourné chez Madame Pao. Il n'y avait pas de lumière et la porte était fermée à clef. Il me faudra donc attendre demain pour parler à ma sœur. A présent, Votre Excellence sait tout.

Le juge Ti se caressa doucement la barbe. Il connaissait Kang Wou de nom, et l'histoire lui paraissait plausible.

— Vous auriez agi de façon plus sage en vous adressant aux autorités, dit-il.

— Que Votre Excellence me permette de différer d'avis sur ce point. Rose-Blanche se fait nonne avec le consentement de nos parents et Madame Pao est tenue en grande estime dans les milieux taoïstes de la capitale. Or vous savez quelle influence ont aujourd'hui ces gens-là. Mon père est un disciple de Confucius, mais si on le soupçonnait de sentiments anti-taoïstes son commerce s'en ressentirait.

— Laissez-moi m'occuper de cette affaire, répondit le magistrat. Demain matin, je verrai Madame Pao et je parlerai à votre sœur. Je ferai de mon mieux pour qu'elle abandonne son projet, et l'intérêt qu'elle porte à Tsong Li facilitera les choses. Je ne le choisirais pas moi-même comme gendre, mais il appartient à une bonne famille et il s'améliorera peut-être avec les années. En tout cas le devoir assigné aux femmes par le Ciel est de se marier et d'avoir des enfants. Je trouve fâcheux qu'elles se fassent nonnes... taoïstes ou bouddhistes. Un dernier mot : d'où vient cet ours et pourquoi l'avez-vous amené ici?

– J'aime la chasse, Noble Juge. Je l'ai capturé dans le nord, il y a sept ans, quand il était encore un jeune ourson. Il ne m'a pas quitté depuis. J'ai trouvé passionnant de lui apprendre à danser et à exécuter différents tours. Il a beaucoup d'affection pour moi et me considère sans doute comme son père! Il lui est arrivé une seule fois de me blesser au bras gauche mais sans mauvaise intention. Il voulait seulement me caresser! La cicatrisation s'est faite normalement et je n'en souffre plus guère que par temps humide : alors, mon bras devient raide. Quand j'entrai dans la troupe de Kouan, je pris l'animal avec moi, d'abord parce que je suis la seule personne à qui il obéisse, ensuite parce qu'il me permettait de présenter un bon numéro au public.

Le juge hocha la tête. Bien des choses s'expliquaient à présent : Kang ne s'était pas servi de son bras gauche en scène parce que l'ancienne blessure le gênait; Rose-Blanche avait gardé le sien serré contre son corps à cause de la robe noire cachée dans sa manche; elle avait filé sans attendre par crainte de rencontrer Madame Pao, et ayant probablement aperçu la pieuse dame plus loin, elle s'était décidée à remettre au lendemain la conversation avec son frère. Oui, tout cela devenait clair.

– Je ne connais pas les ours, reprit-il. Qu'aurait

fait le vôtre si vous n'étiez pas arrivé? Aurait-il défoncé la porte de l'armoire?

— Oh non! Ils sont rusés, mais peu entreprenants. Il ne leur vient jamais à l'idée de faire une chose qu'ils n'ont pas faite déjà, à moins qu'on ne la leur apprenne. C'est pourquoi je le laisse dans ma chambre sans l'attacher, sachant qu'il n'essaiera pas d'ouvrir la porte. Il aurait attendu votre sortie, flairant ou grattant le meuble de temps en temps pour s'assurer que vous étiez toujours là. Leur patience est infinie.

Le juge Ti frissonna involontairement.

— Dévorent-ils leur victime?

— Ils font bien pis. Ils la renversent... l'écharpent plus ou moins... jouent avec elle comme le chat avec la souris. J'ai vu, un jour, les restes d'un chasseur ainsi mis en pièces par un ours. Ce n'était pas un beau spectacle.

— Auguste Ciel! s'exclama le juge. Quel charmant compagnon de jeu.

Kang haussa les épaules.

— Je n'ai jamais eu d'ennuis avec cet animal, dit-il. Il a de l'attachement pour ma sœur aussi, sans lui obéir comme à moi. Mais il déteste les personnes qu'il ne connaît pas; elles le rendent nerveux. Sa conduite varie, d'ailleurs. Il lui arrive de ne leur accorder aucune attention. Parfois, au contraire, il ne peut vraiment pas les souffrir. Vous semblez appartenir à cette dernière catégorie, Noble Juge! Mais je dois dire que son caractère est difficile en ce moment parce qu'il ne prend pas assez d'exercice. Pendant les deux heures qui précèdent l'aube (c'est le seul instant où cette fourmilière soit en repos) je l'emmènerai dans l'espace compris entre ce bâtiment et celui d'en face. Aucune fenêtre du rez-de-chaussée ne donne sur cette courette qui est close par une porte massive; on enfermait là autrefois les moines désobéissants, m'a-t-on dit. Je pourrai y faire courir et sauter l'animal sans danger pour personne.

— C'est une bonne idée, admit le juge. Avez-vous aperçu Mo Mo-té pendant que vous cherchiez votre sœur?

— Non, s'écria Kang en s'enflammant. Ce sale individu passe son temps à tourmenter Mademoiselle Ting. Le rôle que je joue ici m'empêche de lui donner la volée qu'il mérite. C'est dommage, car il a beau être plus fort que moi, j'ai étudié la boxe et je serais parfaitement capable de lui infliger une bonne correction. Mais maintenant je saurai bien m'arranger pour qu'il la laisse tranquille! Mademoiselle Ting n'est pas seulement une jolie fille, Noble Juge, c'est aussi une vraie sportive. Elle monte à cheval mieux qu'aucun garçon de ma connaissance. Si elle était ma femme, quelles belles parties de chasse nous pourrions faire tous les deux! Elle ne ressemble pas à ces petites poupées que mes parents voudraient me voir épouser. Hélas elle est trop indépendante pour vouloir jamais de moi.

Le juge Ti se leva.

— Posez-lui tout de même la question, dit-il. Vous verrez bien ce qu'elle vous répondra! A présent, il faut que je m'en aille, Tao Gan est sûrement à ma recherche.

Il fit un signe de tête amical à l'ours, mais la façon dont l'animal le fixa de ses petits yeux cruels montra qu'aucune modification ne s'était produite dans ses sentiments.

XI

L'ombre au parfum mystérieux
fait une nouvelle apparition;
Tsong Li révèle au juge
la véritable signification de ses poèmes.

Dès que Kang eut refermé sa porte, le juge traversa le couloir et s'arrêta devant celle qui lui faisait face. Elle n'était pas fermée à clef. Il entra, mais ne vit personne dans la chambre éclairée par une bougie qui finissait de se consumer sur la table de bambou. A part deux chaises et un lit non défait il n'y avait pas d'autres meubles. Pas de coffres non plus ni de bagages... pas le moindre vêtement accroché au porte-manteau de bois. Sans la bougie, on aurait cru la pièce inhabitée.

Le juge Ti s'approcha de la table, ouvrit le tiroir dans lequel il ne trouva que de la poussière. S'agenouillant, il regarda sous le lit et aperçut seulement une petite souris qui fila aussitôt hors de sa vue.

Il se releva et après s'être épousseté les genoux, décida de rejoindre son lieutenant. A minuit passé, Tao Gan avait sûrement quitté les comédiens.

Il le trouva en effet chez lui, penché sur un brasero chichement garni de deux ou trois braises rouges. Tao Gan avait toujours été ennemi des dépenses inutiles. Son visage saturnien s'éclaira en voyant entrer le juge. Se levant bien vite, il demanda :

— Qu'est-il arrivé à Votre Excellence? J'ai cherché partout, mais...

— Donne-moi une tasse de thé bouillant, l'interrompit le magistrat. Y a-t-il quelque chose à manger chez toi?

Pendant que son maître s'asseyait devant la petite table, Tao Gan fouilla dans un coffre de voyage et en sortit deux gâteaux desséchés.

— Je suis désolé de n'avoir rien d'autre à offrir à Votre Excellence.

Mordant avec voracité dans l'une des pâtisseries, le juge dit d'un ton satisfait :

— C'est délicieux! Ça sent la graisse de porc! Celui qui l'a préparée n'avait pas l'esprit tourne-boulé par toutes ces sottises végétariennes!

Après avoir fait disparaître les deux gâteaux et bu trois tasses de thé, il bâilla longuement.

— Un bon somme, dit-il, voilà ce qu'il me faudrait à présent. Mais, si certains points sont enfin éclaircis, de nombreux problèmes réclament encore mon attention. Sais-tu, Tao Gan, qu'on vient d'essayer de me tuer!

Il raconta son aventure, puis résuma ses conversations avec Mademoiselle Ting et la pseudo Mademoiselle Ngeou-yang.

— L'affaire de la pieuse postulante est pratiquement terminée, conclut-il. Demain matin, avant de partir, j'aurai un petit entretien avec Madame Pao. Ce que je voudrais savoir, maintenant, c'est qui a voulu m'assommer... et pourquoi.

Tao Gan roula pensivement les trois poils de sa verrue autour de son index et dit :

— D'après Mademoiselle Ting, Mo Mo-té connaît bien le monastère. Ne serait-ce pas un moine taoïste itinérant? Ces gaillards-là roulent leur bosse à travers l'Empire, visitent leurs différentes communautés, et commettent toutes sortes de mauvais coups. N'ayant pas la tête rasée comme les bouddhistes, il leur est facile de se faire passer pour des laïcs. Si Mo Mo-té est déjà venu ici, il se pourrait qu'il eût sur la conscience l'un des décès suspects. Ou même les trois. Qui sait si la femme au bras coupé n'est pas une autre de ses victimes? Il a très bien pu revenir, déguisé en acteur, pour la réduire au silence ou pour faire chanter d'éventuels complices.

Le juge hocha la tête.

— Tout cela est possible, en effet, et s'accorde avec une théorie encore vague que j'essaie de mettre au point. Je pense, en particulier, au couvert qui manquait sur la table des religieux pendant le banquet. Cela pourrait signifier que Mo Mo-té a repris temporairement son costume de moine et s'est glissé parmi eux. Lorsqu'il jouait son rôle d'acteur, il portait un masque ou avait le visage peint, de sorte que les habitants du monastère étaient incapables de le reconnaître. Cette hypothèse expliquerait pourquoi nous ne l'apercevons nulle part et pourquoi sa chambre est vide. De plus, si c'est lui qui a surpris ma conversation avec le Père-Abbé, on comprend qu'il ait envie de me faire disparaître.

— Assassiner un Magistrat est chose dangereuse!

— C'est bien pourquoi mes soupçons se portent sur Mo Mo-té. Je ne vois pas quelle autre personne ici oserait se lancer dans une telle entreprise. Tout le monde sait que le meurtre d'un fonctionnaire impérial met en branle l'entière machine administrative. En un clin d'œil ce monastère serait rempli de sbires, d'enquêteurs, d'agents des Services Spéciaux qui retourneraient littéralement chaque pierre jusqu'à ce qu'ils aient découvert l'assassin. Mo Mo-té, lui, n'appartient pas à la communauté : sa sinistre besogne accomplie, il peut disparaître sans se soucier de ce qui se passera après son départ.

Tao Gan approuva de la tête.

– Il y a encore autre chose, dit-il. Votre Excellence n'a-t-Elle pas questionné le Supérieur au sujet de la mort de l'ancien Père-Abbé? Si ce décès n'est pas naturel et si le meurtrier a surpris vos paroles ne voudra-t-il pas vous empêcher à tout prix d'ouvrir une enquête?

– Non, cette hypothèse est à écarter. Plus de dix personnes ont assisté aux derniers moments de ce religieux et n'ont rien noté de louche. J'ai dit très clairement au Père-Abbé que je ne croyais pas... Le juge s'interrompit net. « Mais si, tu as raison, reprit-il presque aussitôt. J'ai dit que l'embaumement n'effaçait pas les traces de mort violente sur un cadavre. Quelqu'un peut avoir conclu à tort de cette phrase que je voulais procéder à l'autopsie de l'ancien Supérieur. » Frappant la table du poing, il s'écria : « Il faut que Tsong Li me raconte la mort du religieux sans omettre aucun détail. Où est ce maudit poète? »

– Quand j'ai quitté Monsieur Kouan, tous les comédiens étaient en train de festoyer. Tsong Li doit être encore avec eux. Ils ont touché leur cachet ce soir et ne sont pas gens à se coucher de bonne heure en pareilles circonstances!

– Parfait. Allons les retrouver. Je ne sais si cela est dû à ce coup reçu sur mon crâne ou aux deux heures de repos forcé qui ont suivi, mais je ne sens plus du tout mon rhume! Ma migraine s'est envolée et ma fièvre aussi. Mais toi, n'as-tu pas sommeil?

Tao Gan eut un petit sourire.

– Je ne dors jamais beaucoup la nuit, dit-il. Je m'assoupis parfois, mais le plus souvent je rumine des idées de toutes sortes.

Le juge lança un regard plein de curiosité au singulier bonhomme qui éteignait la bougie en serrant avec dextérité la mèche entre ses doigts. Depuis une année qu'ils travaillaient ensemble, le magistrat commençait à éprouver une véritable affection pour ce mélancolique personnage. Tout en se demandant quelle pouvait bien être la couleur de ses pensées nocturnes, il ouvrit la porte.

Un bruissement de soie le fit revenir à la réalité juste à temps pour voir une forme sombre disparaître au tournant du couloir.

– Garde l'escalier! cria-t-il à Tao Gan en se précipitant à la suite du mystérieux écouteur-aux-portes.

Tao Gan courut vers les marches. Il sortit de sa manche un rouleau de cordonnet noir ciré et tendit une longueur de ce fil en travers du passage, murmurant avec un sourire en coin : « Si notre visiteur inconnu passe un peu vite par ici, je crains qu'il ne soit désagréablement arrêté dans son élan! »

A peine avait-il terminé son opération que le magistrat reparut.

– Je l'ai manqué, annonça-t-il d'un ton amer. Il y a un petit escalier après le tournant.

– Quel genre d'homme était-ce, Votre Excellence?

– Je n'ai fait que l'entrevoir. Il a filé à toutes

jambes et, quand j'ai débouché de l'autre côté, il n'y avait plus personne. Mais c'est bien celui qui m'a frappé par derrière.

– Comment Votre Excellence peut-elle savoir cela?

– Il a laissé dans l'air ce même parfum écœurant que j'ai senti avant d'être assommé. Tirant sa barbe avec colère, le juge ajouta : « Je commence à en avoir assez de ce petit jeu de cache-cache. Il faut agir vite, car ce coquin a pu entendre toutes nos paroles. Allons d'abord chez Kouan. Si Tsong Li n'y est pas, j'irai réveiller Maître Souen et nous organiserons les recherches immédiatement. Nous explorerons le monastère dans ses moindres recoins... y compris les endroits interdits au public. Viens, ne perdons pas de temps! »

Dans la loge des comédiens, il ne restait plus que Kouan et Tsong Li, affalés près d'un tas impressionnant de cruches vides. Ivre-mort, le directeur ronflait de bon cœur tandis que le poète, le nez sur la table, traçait du bout de l'index, dans le vin répandu, des lignes sans signification.

Il voulut se lever en voyant apparaître le magistrat, mais ce dernier lui dit sèchement :

– Restez assis! Se laissant tomber sur un siège voisin, il poursuivit : « Écoutez-moi bien. On a essayé de me tuer. Cette tentative est peut-être liée à ce que vous m'avez dit au sujet de la mort de l'ancien Supérieur. Je ne veux pas qu'on se moque de moi plus longtemps, vous allez me confier immédiatement tout ce que vous savez sur cette affaire. Je vous écoute. »

Tsong Li se passa la main sur le front. L'arrivée inattendue des deux hommes et la sévère admonestation du juge semblaient l'avoir dégrisé. Il toussota pour s'éclaircir la voix et, l'air contrit, commença :

– C'est une étrange histoire, Votre Excellence. Je ne sais si je dois...

Assez de tergiversations! trancha le juge. Toi, Tao Gan, vois donc si ces deux ivrognes ont laissé quelque chose à boire. Cela m'aiderait à garder les yeux ouverts.

Le poète lança un regard de convoitise à la tasse que remplissait le lieutenant du juge, mais comme celui-ci ne parut pas s'en apercevoir, il poussa un soupir résigné et reprit :

Mon père était l'ami intime de Miroir-de-Jade, l'ancien Abbé du monastère. Il lui rendait fréquemment visite et tous deux entretenaient une correspondance suivie. Dans la dernière lettre écrite avant sa mort, Miroir-de-Jade disait à mon père qu'il n'avait aucune confiance en Vraie-Sagesse – à cette époque son Prieur, et aujourd'hui Père-Abbé de ce monastère –. Miroir-de-Jade faisait allusion à des pratiques peu orthodoxes auxquelles participaient des jeunes filles venues pour être instruites du dogme, et...

– Quel genre de pratiques?

– Il ne l'a pas dit nettement, Noble Juge, mais il semblait penser à des cérémonies secrètes de caractère orgiaque. Ayant remarqué aussi que Vraie-Sagesse s'en allait cultiver, la nuit, des plants de belladone dans un coin écarté du jardin, il se demandait si le Prieur n'aurait pas eu l'intention d'empoisonner quelqu'un.

Le juge posa brusquement sa tasse.

– Pourquoi n'a-t-on pas prévenu le magistrat de tout cela? demanda-t-il avec colère. Comment veut-on que nous nous acquittions de notre tâche si les bons citoyens nous cachent des faits aussi importants?

— Mon père était un homme très scrupuleux, répliqua le poète. Il ne se serait pas permis de faire une démarche officielle sans être certain de tous les faits. Or, Miroir-de-Jade ne lui avait parlé de rien au cours de ses dernières visites. D'un autre côté, le Supérieur approchait de sa soixante-dixième année; il n'était plus toujours très lucide et son imagination lui faisait peut-être voir des choses qui n'existaient pas. Mon père décida donc de ne rien entreprendre avant d'avoir vérifié l'exactitude de ses dires. Il ne voulut pas même consulter Maître Souen tant qu'il ne posséderait pas un commencement de preuve. Sur ces entrefaites, mon père tomba malade et mourut, non sans m'avoir enjoint, à son lit de mort, de venir procéder ici à une enquête... discrète.

Tsong Li poussa un soupir.

— Après son décès, poursuivit-il, je dus, en qualité de fils aîné, m'occuper des affaires de la famille. Plusieurs lunes passèrent ainsi, puis il y eut des discussions à propos de propriétés que nous possédons et je dus soutenir un long procès. Bref, une année entière s'écoula avant qu'il me fût possible de commencer mon enquête, et, depuis deux semaines que je suis dans la place, je dois avouer que j'en suis toujours au même point. Trois jeunes filles sont mortes ici, mais, comme vous le savez sans doute, les archives du monastère fournissent une explication normale de leur décès. Aucun indice ne permet de supposer qu'elles aient été compromises dans des histoires scandaleuses. En ce qui concerne la mort de Miroir-de-Jade, j'ai été gêné dans mes investigations par le fait que la partie nord du monastère est interdite au public et je n'ai pas pu visiter la crypte pour étudier les papiers de l'ancien Supérieur. En désespoir de cause, je résolus d'essayer de faire peur à Vraie-Sagesse, me disant que s'il était coupable il se trahirait ou prendrait des mesures imprudentes contre moi. Voilà pourquoi j'ai fait allusion, dans mes poèmes, aux deux abbés et aux belles dames – belladone : belladonna! –. Vraie-Sagesse a dû se demander si je voulais parler du poison ou des trois jeunes filles! En tout cas, il a pris cela très mal, comme vous avez pu le constater.

– Moi aussi, répliqua le juge, et je n'ai pourtant aucun crime sur la conscience. Cela ne prouve donc rien. Il réfléchit un moment, puis reprit : « Au cours du banquet, Vraie-Sagesse m'a raconté la mort du vieil Abbé. Faites-moi part, à votre tour, de *tout* ce que vous savez à ce sujet. » Voyant les yeux du poète fixés sur sa tasse, il dit à Tao Gan : « Verse-lui du vin, quand il n'y a pas d'huile dans la lampe, la mèche n'éclaire pas! »

Tsong Li le remercia du regard. Après avoir bu une longue gorgée, il continua :

– La mort de Miroir-de-Jade s'étant produite dans des circonstances considérées comme miraculeuses, tous ses détails en ont été notés. Il y a environ un an, le seizième jour de la huitième lune, Miroir-de-Jade passa la matinée seul dans sa chambre. Il lut vraisemblablement les textes sacrés comme il le faisait d'ordinaire. Il prit son repas de midi au réfectoire, en compagnie de Vraie-Sagesse, de Souen Ming, et des autres religieux. Il revint ensuite chez lui et but une tasse de thé avec Vraie-Sagesse. Puis ce dernier sortit et dit aux deux moines de service qui se trouvaient dans le couloir que leur Supérieur désirait consacrer l'après-midi à faire le portrait de son chat.

– Maître Souen m'a montré cette peinture, dit le magistrat. Elle est accrochée dans la chapelle latérale du Temple.

– Oui, Noble Juge. Le vieil abbé avait une passion pour ces animaux et aimait les peindre. Vraie-Sagesse retourna au Temple. Les deux moines savaient que le vieillard ne supportait pas d'être dérangé quand il peignait, aussi restèrent-ils devant la porte. Pendant une heure environ, ils l'entendirent fredonner des cantiques, suivant sa coutume quand le travail marchait à son idée. Puis il se mit à parler à voix haute, comme s'il était engagé dans une discussion avec quelqu'un. Le ton s'éleva de plus en plus, et les moines, inquiets, se décidèrent à entrer chez lui. Ils le trouvèrent assis dans son fauteuil, un air d'exaltation sur le visage. La peinture était presque achevée. Miroir-de-Jade ordonna aux deux hommes d'aller chercher Maître Souen, le Prieur, l'Aumônier et les douze plus anciens moines, ajoutant qu'il avait un important message à leur communiquer.

« Quand tous furent assemblés, Miroir-de-Jade, un sourire radieux sur les lèvres, leur annonça que le Ciel venait de lui révéler une nouvelle façon d'exprimer la Vérité du Tao et qu'il désirait leur en faire part. Bien droit sur son siège, son chat sur les genoux et les yeux étincelants, il délivra un sermon rempli de termes mystiques. L'un des moines notait les paroles du vieillard à mesure qu'il les prononçait. Ce texte fut publié par la suite avec un commentaire détaillé du Père-Abbé Général. Ce commentaire dégage le sens de toutes les expressions obscures et montre qu'il s'agit d'un résumé des plus profonds mystères. Sermon et commentaire sont à présent utilisés comme textes de base par tous les monastères de cette province.

« Miroir-de-Jade parla plus de deux heures, puis il ferma soudain les yeux et se renversa dans son fauteuil. Sa respiration devint irrégulière, puis cessa tout à fait. Il était mort.

« Une émotion extraordinaire envahit toutes les personnes présentes. On avait rarement observé un si parfait exemple d'un Taoïste passant paisiblement de ce monde dans l'autre par un effort de sa volonté. Le Père-Abbé Général décréta que Miroir-de-Jade était un saint. Son corps fut embaumé et placé dans une châsse. On descendit ensuite cette châsse dans la crypte au cours de magnifiques cérémonies qui durèrent trois jours entiers et auxquelles des milliers de fidèles vinrent assister.

« Vous voyez donc, Noble Juge, conclut Tsong Li d'une voix morne, qu'une douzaine de témoins peuvent attester que Miroir-de-Jade est mort de sa belle mort sans faire la moindre allusion à des menaces contre sa vie. J'en arrive à croire que, lorsqu'il écrivit à mon père, le vieil homme commençait à divaguer. Il avait soixante-dix ans, comme je vous l'ai dit, et se comportait parfois de façon étrange. »

Il y eut un long silence, troublé seulement par les ronflements réguliers de Monsieur Kouan. Le magistrat sortit enfin de sa méditation pour dire :

— N'oublions pas que, dans sa lettre, Miroir-de-Jade accusait Vraie-Sagesse de vouloir empoisonner quelqu'un avec des graines de belladone. Or, nos livres médicaux enseignent que ce poison fait entrer la victime dans un état d'extrême exaltation avant que ne surviennent le coma et la mort. Le comportement du vieillard pendant ses derniers moments correspond assez à ce diagnostic. Miroir-de-Jade peut avoir pris son délire pour une inspiration céleste et oublié tous ses soupçons. Le seul fait qui ne s'accorde pas avec cette théorie, c'est que le vieil homme ait travaillé tranquillement au portrait du chat avant de prononcer son dernier sermon. Nous allons donc vérifier ce point tout de suite. Savez-vous comment on peut se rendre dans la crypte?

— J'ai étudié un plan établi autrefois par mon père, Noble Juge. Je connais le chemin, mais les portes du couloir qui y mène sont cadenassées.

— Mon lieutenant s'occupera de ce détail. Laissons Monsieur Kouan à son sommeil, et partons.

— Qui sait, dit Tao Gan d'un air rêveur, si nous ne rencontrerons pas Mo Mo-té et Mademoiselle N'a-qu'un-bras dans ces lieux interdits!

XII

*Tao Gan ouvre des serrures
dont il n'a pas la clef;
le juge Ti rend successivement visite
à un mort et à un vivant.*

A cette heure tardive, le monastère semblait désert. Les trois hommes traversèrent le rez-de-chaussée et atteignirent la grande plate-forme qui surplombait la chapelle sans avoir rencontré âme qui vive. Le juge jeta un bref coup d'œil vers le couloir de la resserre et n'y vit personne non plus.

Ils tournèrent le dos à ce passage et, sous la direction de Tsong Li, prirent la longue galerie qui conduisait à la Tour Sud-Ouest. Lorsqu'ils furent dans le petit hall menant au palier de Souen Ming, le poète ouvrit l'étroite porte de droite et les fit descendre une volée de marches. Montrant un portail monumental en bois délicatement sculpté, il murmura :

— Voici l'entrée de la Galerie des Horreurs, mais cet énorme cadenas semble impossible à forcer!

— Nous allons bien voir, grommela Tao Gan. Il sortit de sa manche un étui en cuir rouge rempli d'instruments variés et se mit au travail. Tsong Li l'éclairait avec sa lanterne.

— On m'a dit que cette Galerie était fermée depuis plusieurs lunes, remarqua le juge. Pourtant, il n'y a pas un grain de poussière sur la barre transversale!

– Hier, des moines sont venus chercher une statue qui avait besoin d'être réparée, expliqua leur guide.

– Et voilà! s'écria triomphalement Tao Gan en tirant la lourde barre.

Le juge et Tsong Li entrèrent, suivis par le serrurier amateur qui referma la porte derrière eux. Le poète leva sa lanterne pour permettre au magistrat d'examiner le vaste bâtiment. L'atmosphère était humide et glaciale. Serrant sa robe contre lui, le juge maugréa :

– Écœurant spectacle, comme d'habitude!

– Mon père réclamait toujours la suppression de ces Galeries, déclara Tsong Li.

– Il n'avait pas tort, répliqua le juge.

A son tour Tao Gan promena ses regards autour de lui.

– Toutes ces horreurs ne servent à rien, remarqua-t-il. Elles n'empêcheront jamais les gens de faire des bêtises. C'est dans leur nature!

Au mur de droite étaient accrochés des textes sur le péché et sa rétribution, mais à gauche s'alignait une suite de statues grandeur nature peintes de couleurs criardes. Elles représentaient les divers châtiments infligés à l'âme du pécheur dans l'Enfer taoïste : ici, d'horribles démons sciaient en deux un homme qui se tordait de douleur; là, des diablotins grimaçants faisaient bouillir un couple dans un chaudron en fer; un peu plus loin, un démon à tête de bœuf et un autre à tête de cheval traînaient des coupables devant un juge des Régions Infernales pourvu d'une barbe en vrais poils.

Les trois hommes avançaient rapidement le

long du mur de droite pour s'écarter le plus possible de toute cette laideur, mais la lanterne de Tsong Li faisait apparaître de temps à autre le sourire cruel d'un masque démoniaque ou le visage convulsé de sa victime. Une femme complètement nue accrocha soudain le regard du juge. Elle gisait sur le dos, jambes et bras écartés, tandis qu'un gigantesque démon bleu appuyait la pointe d'une lance contre sa poitrine. La malheureuse n'avait plus ni pieds ni mains et sa longue chevelure lui cachait le visage mais, sous les grosses chaînes qui couvraient son corps enduit d'un badigeon blanchâtre, tous les détails anatomiques apparaissaient avec une obscène précision.

Le tableau suivant montrait un spectacle encore plus horrifique : deux diables vêtus d'armures anciennes éclaboussées de sang se servaient de leur hache d'arme pour débiter en menus morceaux un couple de pécheurs dépourvus de vêtements. De l'homme, il ne restait plus que le bas du dos, et la femme attendait, la tête sur le billot, qu'on eût fini de lui couper les bras.

Pressant le pas, le juge dit à son lieutenant :

— Je demanderai au Supérieur de faire enlever les statues féminines. L'ensemble est assez répugnant comme cela sans y mettre de pareilles nudités. Ces inconvenances ne sont pas de mise dans les lieux du culte officiellement reconnus par l'État.

En arrivant au bout de la Galerie, les trois hommes trouvèrent la porte du fond entrouverte. Une volée de marches assez raides les mena dans une vaste pièce carrée.

— Nous sommes maintenant au premier étage

de la Tour Nord-Ouest, expliqua Tsong Li. Si je me souviens bien du plan de mon père, cette porte donne sur l'escalier qui descend à la crypte. Tao Gan introduisit un de ses instruments dans la serrure.

– Elle est toute rouillée, remarqua-t-il. Il y a beau temps qu'elle n'a pas dû fonctionner.

Après quelques minutes de travail, un déclic annonça que le mécanisme récalcitrant cédait à son tour. Tao Gan poussa le lourd battant, une odeur de moisi monta aussitôt de l'obscurité.

Le juge prit lui-même la lanterne et descendit avec précaution les marches inégales. Il en compta trente avant de tourner à droite. Trente autres, cette fois taillées directement dans le roc, l'amenèrent devant une porte massive fermée par une grosse chaîne et un cadenas. Il se plaqua contre la paroi rocheuse pour permettre à Tao Gan de venir exercer ses talents.

Quand celui-ci eut libéré la chaîne, le juge s'avança, mais un battement d'ailes le fit reculer précipitamment tandis qu'une forme noirâtre passait en voletant près de son bonnet.

– Des chauves-souris maintenant, dit-il avec dégoût. Il entra dans la crypte et leva sa lanterne. Les trois hommes contemplèrent sans mot dire le fantastique spectacle.

Une estrade en bois doré occupait le centre de la petite pièce octogonale. Elle supportait un grand fauteuil épiscopal laqué de rouge sur lequel trônait une sorte de momie ratatinée vêtue de la robe en brocart d'or des jours de fête. La haute tiare, d'or également, surmontait un visage brunâtre dont les yeux, presque invisibles dans la fente rétrécie des paupières, semblaient fixer les nouveaux venus avec curiosité. La main gauche de l'étrange personnage disparaissait sous une étole de soie cramoisie et sa droite tenait une longue crosse entre des doigts semblables aux griffes de quelque animal fabuleux.

Le juge s'inclina très bas, imité par ses deux compagnons, puis il fit un pas en avant. Sa lanterne éclaira les murs soigneusement polis et couverts d'élégants caractères dont les creux étaient remplis de laque d'or. Contre la paroi du fond se trouvait un grand coffre rouge fermé par un cadenas en cuivre. Il n'y avait pas d'autre meuble, mais un épais tapis recouvrait le sol, montrant les symboles taoïstes tissés en bleu dans la laine mordorée. La pureté et la sécheresse de l'atmosphère étaient remarquables.

Les trois hommes firent lentement le tour de l'estrade. Des chauves-souris vinrent se heurter à la lanterne; le juge les chassa pendant que Tsong Li demandait, baissant la voix malgré lui :

— D'où peuvent-elles bien venir?

Le juge Ti montra deux ouvertures dans la voûte.

— Ce sont des cheminées d'aération, expliqua-t-il. Votre poème sur les deux Abbés ne correspond pas à la réalité : il n'y a pas de vers ici, l'atmosphère est trop sèche. Au lieu de *vers de terre,* vous auriez dû dire *chauve-souris!* A propos, à quoi vous fait penser la seconde partie de ce mot?

— A des chats!

— Et Miroir-de-Jade en a peint des quantités, paraît-il. Ouvre ce coffre, Tao Gan. Il doit contenir les peintures du vieil Abbé, je ne vois pas en quel autre endroit elles pourraient être.

Tao Gan fit sauter le cadenas. La grande caisse était remplie de rouleaux. Le mélancolique lieutenant en sortit quelques-uns et les déroula. Il en tendit deux à son maître.

— Voici d'autres portraits du chat gris, Votre Excellence, annonça-t-il.

Le juge les regarda distraitement. Sur l'un, le chat faisait rouler sa balle de laine, sur l'autre il essayait d'attraper un papillon avec sa patte. Soudain, les sourcils du magistrat se rapprochèrent. Il demeura un instant songeur, puis rendit les deux peintures à Tao Gan en disant d'un ton satisfait :

— Tu peux les remettre en place, je n'ai pas besoin d'autre preuve. Miroir-de-Jade a été assassiné!

Tsong Li et Tao Gan voulurent lui poser des questions, mais sans les écouter, le magistrat poursuivit : « Dépêche-toi de refermer ce coffre et nous irons faire confesser son crime à l'assassin! »

Après un dernier regard au visage parcheminé de l'ancien Supérieur, le juge s'inclina encore une fois devant la vénérable dépouille et se dirigea vers l'escalier.

— Les appartements du Père-Abbé se trouvent au-dessus de l'entrée du sanctuaire, n'est-ce pas? demanda-t-il à Tsong Li en gravissant les premières marches.

— En effet, Noble Juge. Si nous retournons à la Tour Nord-Ouest, nous n'aurons qu'à prendre le couloir de gauche pour arriver chez lui.

— Conduisez-moi. Toi, Tao Gan, traverse la Galerie des Horreurs et cours jusqu'au Temple. Dans la chapelle latérale, tu verras, au-dessus de l'autel, le dernier portrait du chat. Décroche-le, réveille un moine, et fais-toi escorter jusqu'aux appartements de l'Abbé par le chemin ordinaire.

122

Ils achevèrent leur ascension en silence. Parvenus à la Tour Nord-Ouest, Tao Gan continua tout droit, Tsong Li et le magistrat tournèrent à gauche. Malgré les volets clos, on entendait la tempête souffler avec force au dehors. Un bruit de céramique brisé monta de la cour.

— Le vent vient d'arracher des tuiles, remarqua le poète. Cela indique la fin de la tourmente. Elles débutent et finissent toujours par une rafale plus violente que les autres. Comme ils arrivaient devant la porte d'apparence massive, il ajouta : « Si je ne me trompe pas, nous sommes derrière la chambre même du Père-Abbé et ceci est la porte de service. »

Le juge heurta l'huis vigoureusement et plaça son oreille contre le bois poli. Quelqu'un marchait de l'autre côté. Il frappa de nouveau. Une clef tourna dans la serrure et le battant s'entrouvrit, laissant apparaître un visage crispé de frayeur.

XIII

*Une grave accusation est portée
contre un religieux;
un chat mort depuis longtemps
apporte son témoignage.*

Vraie-Sagesse parut soulagé en reconnaissant
les visiteurs. Ses traits contractés se détendirent et
il demanda d'une voix encore un peu tremblante :

– Qu'est-ce qui me vaut l'honneur...

– Entrons! l'interrompit le juge. J'ai quelque
chose à vous communiquer.

Le religieux fit traverser aux deux hommes sa
chambre pauvrement meublée et les introduisit
dans une bibliothèque beaucoup plus confortable.
Une odeur fade que le magistrat reconnut aussitôt flottait dans l'air : elle provenait d'un gros
brûle-parfums antique posé sur un guéridon.
Vraie-Sagesse indiqua au juge un vaste fauteuil;
lui-même s'assit derrière son bureau et fit signe à
Tsong Li de prendre le siège qui se trouvait près
de la fenêtre. Il ne semblait pas encore en état de
parler; manifestement, il venait de recevoir un
choc dont il n'était pas complètement remis.

Le juge se renversa dans son fauteuil. Après
avoir étudié le visage défait de son hôte, il dit
d'un ton gracieux :

– Je demande mille fois pardon à Votre Sainteté de venir La déranger si tard. Si tard... ou si
tôt, car l'aube n'est pas loin! Mais vous êtes

encore debout... et tout habillé. Attendiez-vous quelqu'un?

– Non... Je faisais un petit somme dans le fauteuil de ma chambre. Ce sera bientôt matines et j'ai trouvé inutile de me coucher pour si peu de temps. Mais pourquoi frapper à la porte de derrière, Noble Juge? J'ai cru un instant...

– Que le vieil Abbé était sorti de la crypte? Voyant la terreur se peindre sur le visage de son interlocuteur, le juge ajouta vite : « Cela lui eût été impossible. Il est bien mort, je puis vous l'assurer car je viens de lui rendre visite. »

A présent maître de lui, Vraie-Sagesse se redressa et dit d'un ton sec :

– Vous êtes entré dans la crypte? Ne vous avais-je pas prévenu qu'à cette époque de l'année...

– Certes, coupa le juge. Mais j'estimais indispensable d'examiner les documents laissés par votre prédécesseur. Je désire maintenant vérifier certains détails pendant que le souvenir de ce que j'ai vu est encore frais dans ma mémoire. C'est pourquoi je me suis permis de vous déranger à une heure aussi tardive. Reportez-vous en esprit à la dernière journée passée sur cette terre par Miroir-de-Jade. Vous avez déjeuné au réfectoire en sa compagnie. L'aviez-vous déjà vu ce jour-là?

– Pendant matines seulement. Miroir-de-Jade s'est ensuite retiré dans sa bibliothèque, c'est-à-dire dans la pièce même où nous sommes en ce moment. Cet appartement a toujours été celui des Pères-Abbés du monastère.

– Je vois. Le juge se tourna vers les trois hautes fenêtres. Elles donnent sur la cour centrale, je suppose?

— Oui. En plein jour, cette pièce est remarquablement bien éclairée, c'est la raison pour laquelle mon prédécesseur aimait s'y tenir pour peindre. La peinture était son unique délassement, Noble Juge.

— Une très honorable occupation, répliqua le magistrat qui réfléchit un instant avant d'ajouter : A propos, pendant notre petit entretien dans la salle de réception, un acteur a ouvert la porte et s'est esquivé aussitôt, ce qui vous fit faire une réflexion sur le sans-gêne de ces gens. Avez-vous eu le temps de voir le visage de l'intrus?

Perdant à nouveau son calme, le Supérieur bégaya :

— Non... Enfin : oui. C'était Mo Mo-té, l'homme au sabre.

— Je vous remercie. Le juge se caressa la barbe en regardant fixement son interlocuteur. Il y eut un long silence pendant lequel l'anxiété du religieux sembla croître encore. Tsong Li s'agitait avec impatience sur son siège. Toujours sans faire un mouvement, le juge écoutait la pluie fouetter les volets. Elle semblait moins forte que tout à l'heure.

On frappa, et Tao Gan fit son apparition, un petit rouleau sous le bras. Il le tendit au juge, puis retourna se placer près de la porte.

Après avoir déroulé la peinture, le juge Ti la posa devant son hôte en disant :

— N'est-ce pas la dernière œuvre de Miroir-de-Jade?

— En effet. A l'issue du repas de midi, nous sommes venus boire une tasse de thé dans cette pièce, puis il me congédia en m'annonçant qu'il passerait l'après-midi à faire le portrait de son chat. La pauvre bête était assise sur la petite table d'ébène sculptée que vous voyez ici. Je ne m'attardai pas, car je savais que Miroir-de-Jade aimait travailler dans la solitude. En le quittant, je le vis disposer une feuille de papier sur ce bureau et...

Le juge se leva. Frappant la table du poing, il cria :

– Vous mentez!

Vraie-Sagesse se tassa dans son fauteuil. Il voulut parler, mais le magistrat poursuivit :

– Regardez bien cette peinture, la dernière œuvre de ce grand et saint homme que vous avez assassiné en versant de la belladone dans le thé qu'il a bu ici-même après déjeuner! Prétendez-vous qu'on puisse exécuter en une heure un travail aussi poussé? Voyez le traitement détaillé de la fourrure... Voyez comme les motifs sculptés de la table sont finement rendus. Ce travail a demandé au moins deux bonnes heures. Vous mentez quand vous dites que Miroir-de-Jade s'est mis à l'œuvre au moment où vous l'avez quitté. Le tableau a été peint au cours de la matinée, bien avant le repas de midi.

– Ne me parlez pas sur ce ton, cria Vraie-Sagesse avec colère. Miroir-de-Jade était un habile artiste. Il travaillait rapidement. Je ne tolérerai pas...

– Trêve de balivernes! répliqua le juge. Ce chat, l'animal favori de votre victime, rend aujourd'hui un dernier service à son maître. Regardez ses yeux : les pupilles sont complètement dilatées. S'il avait été peint au début de l'après-midi, en été, dans une pièce aussi brillamment éclairée que celle-ci, ses yeux ne seraient que deux fentes étroites!

Un frisson secoua le religieux tandis qu'il

contemplait la peinture. Se passant la main sur le front, il dit d'une voix blanche :

— Je désire faire une déclaration en présence de Maître Souen.

— Comme il vous plaira. Le juge roula de nouveau la feuille de papier et la fourra dans sa robe.

Vraie-Sagesse les fit descendre par un escalier monumental. Arrivé au bas des marches, il remarqua de sa voix sans timbre :

— La tempête est finie. Nous pouvons traverser la grande cour.

Les pavés étaient encore ruisselants de la dernière averse et des tuiles brisées jonchaient le sol. Le magistrat marchait en tête avec le religieux, Tao Gan et Tsong Li suivaient.

Lorsqu'ils atteignirent l'angle sud-ouest de la cour, Vraie-Sagesse ouvrit la porte d'un étroit couloir qui les mena au pied de l'escalier en colimaçon.

Comme ils s'apprêtaient à monter, une voix sonore demanda :

— Que diable fabriquez-vous là au milieu de la nuit?

Une lanterne à la main, Souen Ming les regardait.

— Le Père-Abbé désire faire une déclaration en présence de Votre Excellence, expliqua le juge Ti.

Levant sa lanterne, Maître Souen examina le religieux avec étonnement.

— Montez jusqu'à ma bibliothèque, finit-il par dire. Il y a trop de courants d'air ici pour y prononcer des paroles définitives! Désignant Tsong Li et Tao Gan, il ajouta : « La présence de ces deux personnes est-elle nécessaire? »

– Oui, Votre Excellence. Ce sont des témoins importants.

– En ce cas, prenez ma lumière, moi, je connais le chemin.

L'ascension parut interminable au magistrat qui commençait à ne plus sentir ses jambes. Quand ils atteignirent enfin le sommet de l'escalier, Souen Ming mit le premier le pied sur la plate-forme, suivi par Vraie-Sagesse. Au moment où le juge s'apprêtait à les imiter, il entendit Maître Souen hurler :

– Attention à la balustrade!

Presque en même temps Vraie-Sagesse poussa un cri étouffé, et le bruit sourd d'un corps qui s'écrase sur le sol monta de la cage obscure.

XIV

Le juge Ti fait part de ses hypothèses
à Maître Souen;
il est à nouveau question
de l'insaisissable Mo Mo-té

Le juge se précipita sur le palier en levant la lanterne au-dessus de sa tête. Souen Ming, son visage rond très pâle, lui saisit le bras et expliqua d'une voix rauque :

— Le pauvre homme ne s'est pas souvenu à temps que la balustrade manquait!

Il lâcha le bras du juge pour essuyer la sueur qui mouillait son front.

— Descends voir ce que tu peux faire, ordonna le juge à Tao Gan. Se tournant vers Souen Ming, il ajouta : « Je crains que le Père-Abbé n'ait pas survécu à sa chute. Allons chez vous, si vous le permettez. »

Les deux hommes entrèrent dans la bibliothèque. Tsong Li avait suivi Tao Gan.

— L'infortuné! murmura Souen en s'asseyant derrière son bureau. De quoi voulait-il parler, Ti?

Les jambes du magistrat tremblaient de fatigue. Il se laissa tomber sur un siège, puis, sortant de sa robe le rouleau peint, il le posa devant le taoïste.

— Je viens de visiter la crypte, dit-il. Je voulais voir les autres portraits du chat. Miroir-de-Jade était un peintre très scrupuleux. Sur l'une des peintures, les yeux de l'animal sont d'étroites fentes : elle doit donc avoir été exécutée vers midi, à l'heure où la lumière est la plus vive. Cela me fit penser que sur son dernier tableau – celui que vous m'avez montré dans le Temple – les pupilles sont au contraire dilatées au maximum, preuve que le tableau a été peint vers le début de la matinée, et non pas à midi comme l'affirmait Vraie-Sagesse.

Déroulant le papier, il indiqua les yeux du chat à son interlocuteur.

– Je ne vois pas où vous voulez en venir, dit Souen en fronçant les sourcils. Quel rapport tout cela peut-il avoir avec la mort de Miroir-de-Jade? Je me trouvais à ses côtés et je puis vous certifier que le vieillard s'est éteint paisiblement. Il...

– Que Votre Excellence me permette de lui donner quelques explications, l'interrompit respectueusement le juge. Il mit Souen au courant des allusions à la belladone qui figuraient dans la lettre envoyée par le vieil Abbé au docteur Tsong, puis continua : « Les symptômes de l'empoisonnement par cette plante concordent parfaitement avec le comportement du vieillard pendant ses derniers moments. » Il hésita une seconde, puis reprit : « Les ouvrages taoïstes, si vous me permettez de le dire, sont souvent rédigés en termes fort obscurs. J'imagine que le sermon final de Miroir-de-Jade était en réalité un mélange confus de différents textes qui lui revenaient dans son délire. Il fallut les commentaires du Père-Abbé Général pour leur donner un sens. Ce dernier a probablement choisi quelques expressions mystiques dans ce fatras et les a développées de façon cohérente, ou bien... » Le juge s'interrompit pour regarder son hôte avec un peu d'inquiétude, mais le taoïste n'entreprit pas de défendre les classiques de sa religion.

Voyant qu'il se contentait de secouer la tête d'un air perplexe, le juge poursuivit :

– Vraie-Sagesse a versé une bonne dose de poison dans la tasse de Miroir-de-Jade en prenant le thé avec lui après leur repas. Le tableau était presque achevé. Le Supérieur y avait consacré toute sa matinée, peignant d'abord le chat, puis le fond, et revenant enfin sur les détails. Il ne lui restait plus qu'une dernière touche à mettre aux feuilles de bambou lorsque le repas de midi vint interrompre son travail. Après lui avoir fait boire le thé empoisonné, Vraie-Sagesse sortit et annonça aux deux moines de service que Miroir-de-Jade commençait un portrait de son chat et ne voulait pas être dérangé. La belladone provoqua bientôt une vive surexcitation chez le vieil homme. Il se mit à chantonner des hymnes taoïstes, puis à parler tout seul. Se croyant sans doute visité par l'inspiration divine, il ne lui vint pas à l'esprit qu'on venait de l'empoisonner. Il n'annonça pas qu'il prononçait son dernier sermon, remarquez-le bien, ni qu'il était sur le point de quitter le monde. Il n'avait aucune raison de dire cela... il voulait seulement faire part à ses disciples des révélations que le Ciel lui accordait. Un peu plus tard, il se renversa dans son fauteuil pour prendre un peu de repos après son long discours. C'est alors qu'il mourut, la joie au cœur.

– Auguste Ciel, Ti, vous devez avoir raison! s'exclama Souen Ming. Mais pourquoi cet imbécile de Vraie-Sagesse l'a-t-il tué et pourquoi tenait-il à confesser son crime devant moi?

– Je suppose que Vraie-Sagesse craignait

d'être accusé publiquement de certaines fautes par le vieil Abbé. Miroir-de-Jade a en effet écrit au docteur Tsong qu'il soupçonnait le Prieur de se livrer à des actes immoraux avec les postulantes. Naturellement, si cela s'était vu, Vraie-Sagesse aurait pu considérer sa carrière religieuse comme terminée.

Souen Ming se passa la main sur les yeux.

— Des actes immoraux! répéta-t-il. L'imbécile a dû s'occuper de magie noire avec des partenaires de l'autre sexe. Auguste Ciel, j'ai ma part de responsabilité dans cette affaire. J'ai eu tort de m'enfermer dans ma bibliothèque comme je l'ai fait. J'aurais dû m'intéresser davantage à la communauté. Mais Miroir-de-Jade a été fautif aussi : pourquoi ne m'a-t-il pas communiqué ses soupçons? Je n'avais pas la moindre idée...

Il n'acheva pas sa phrase et le juge reprit :

— J'ai tout lieu de croire que Vraie-Sagesse et un coquin présentement connu sous le nom de Mo Mo-té sont responsables du décès des trois jeunes filles mortes l'an dernier dans ce monastère. Ils ont dû forcer ces malheureuses à prendre part à leurs ignobles jeux comme ils y avaient obligé les postulantes du vivant de Miroir-de-Jade. Déguisé en comédien, Mo Mo-té est récemment revenu ici et semblait inspirer une peur bleue à son complice. Je me demande s'il ne le faisait pas chanter. Ceci, venant s'ajouter aux allusions continuelles de Tsong Li à la mort suspecte de l'ancien Supérieur, a fini par affoler complètement Vraie-Sagesse.

« Aussi, quand il a vu le poète me parler confidentiellement au cours du banquet et qu'aussitôt après cette conversation je lui ai dit que je désirais visiter la crypte, il a tout de suite pensé

133

que j'allais procéder à une enquête. Cette idée acheva de lui faire perdre la tête et il tenta de me tuer en m'assenant par-derrière un terrible coup sur le crâne. Avant de perdre connaissance, je sentis l'odeur particulière de l'encens qui brûle dans sa chambre, odeur qu'on ne remarquait pas d'ordinaire quand on se trouvait auprès de lui mais que son geste brutal fit probablement se dégager des plis de sa robe. Plus tard, il vint m'épier pendant que je discutais avec mon lieutenant et s'enfuit en laissant de nouveau derrière lui les caractéristiques effluves. Il fallait que cet homme eût perdu tout bon sens! »

Souen Ming acquiesça d'un air accablé. Après un court silence, il demanda :

– Mais pourquoi tenait-il à confesser son crime devant moi? S'imaginait-il que j'allais prendre sa défense? Il était encore plus stupide que je ne le supposais, alors!

– Avant de répondre à votre question, je voudrais savoir si Vraie-Sagesse connaissait l'état de la balustrade?

– Mais bien entendu! Je lui avais dit moi-même qu'elle demandait à être réparée. D'habitude, il n'était pas négligent pour ces sortes de choses, il faut le reconnaître.

– Dans ce cas, dit gravement le juge, il s'est suicidé.

– Pas du tout, Ti! J'ai vu sa main chercher le garde-fou.

– Il nous a trompés tous les deux. Souvenez-vous qu'il ne s'attendait pas à vous trouver au bas de l'escalier. Il pensait que vous seriez dans votre bibliothèque. Son intention n'a jamais été de faire la moindre déclaration : il voulait venir sur ce palier parce qu'il se sentait perdu et que cette

134

balustrade brisée lui offrait une chance de se donner la mort avant que nous puissions arrêter son geste. Il s'est arrangé pour faire croire à un accident afin que la honte d'un suicide ne rejaillisse pas sur sa famille. Maintenant, nous ne saurons jamais de façon précise quel a été son rôle dans toute cette histoire.

Tao Gan et Tsong Li reparurent.

— Vraie-Sagesse s'est rompu la colonne vertébrale, annonça le lieutenant du juge Ti. La mort a dû être instantanée. J'ai prévenu le Prieur. On transporte à présent le corps dans la chapelle latérale du Temple où il sera exposé jusqu'au moment des funérailles officielles. J'ai expliqué au Prieur qu'il s'agissait d'un accident et il désire s'entretenir avec Monsieur Souen Ming.

Le juge se leva en disant au taoïste :

— Il est préférable de s'en tenir à la version d'une mort accidentelle. Tout au moins pour l'instant. Je suppose que le Père-Abbé Général doit être informé le plus tôt possible de ce qui vient de se passer?

— Nous lui enverrons un message demain matin à la première heure. En attendant sa décision, le Prieur s'occupera des détails courants.

— Je laisse le portrait du chat ici. C'est une importante pièce à conviction. J'espère que Votre Excellence voudra bien m'aider de ses conseils pour la rédaction de mon rapport.

Souen Ming acquiesça et dit après avoir examiné le juge d'un œil critique :

— Essayez-donc de dormir une heure ou deux, Ti. Vous semblez mort de fatigue!

— Il faut d'abord que je mette la main sur Mo Mo-té, Votre Excellence. Je suis convaincu que sa culpabilité est plus grande que celle de Vraie-Sagesse. D'après son témoignage, nous verrons si le décès du Père-Abbé doit figurer dans mon rapport comme suicide ou comme accident. Mo Mo-té est à présent la seule personne qui puisse nous dire ce qui est réellement arrivé aux trois jeunes filles.

— Comment est-il? Ne m'avez-vous pas dit qu'il était comédien? J'ai vu tout le spectacle à l'exception du dernier tableau.

— Mo Mo-té est resté en scène d'un bout à l'autre de la représentation. Il faisait l'Esprit-de-la-Mort, mais Votre Excellence n'a pu distinguer ses traits car il portait un grand masque de bois. Et quand il a exécuté sa danse du sabre, à la fin du spectacle, il avait une épaisse couche de fard sur le visage! A présent, il se fait sans doute passer pour un moine. C'est un grand gaillard aux larges épaules, l'air plutôt morose.

— La plupart des moines ont cet air-là. Mauvais régime alimentaire, probablement. Comment allez-vous faire pour le découvrir, Ti?

— Je n'en sais encore rien, Votre Excellence, mais je ne peux pas terminer mon enquête sans sa confession.

Après s'être incliné profondément devant Maître Souen, le juge se dirigea vers la porte, suivi de Tao Gan et de Tsong Li. En sortant, ils croisèrent le petit Prieur qui arrivait, l'air plus anxieux que jamais.

XV

Le juge Ti retourne
dans la Galerie des Horreurs;
Tsong Li laisse échapper
de tendres paroles.

Quand les trois hommes arrivèrent dans la grande salle du Temple, l'Aumônier parlait d'un ton recueilli à un petit groupe de moines. Il se hâta de venir à la rencontre du juge et l'entraîna silencieusement vers la chapelle latérale.

Le corps du Père-Abbé y reposait sur de hauts tréteaux. Le juge Ti souleva le brocart rouge brodé de symboles taoïstes et contempla un instant le visage du mort. Tandis qu'il laissait retomber la lourde étoffe, l'Aumônier s'approcha de lui.

— Quatre moines vont passer la nuit en prières ici, murmura-t-il. L'intention du Prieur est d'annoncer le décès de notre Supérieur au début de matines.

Le juge lui exprima ses condoléances, puis rejoignit Tao Gan et Tsong Li dans le grand hall.

— Puis-je me permettre d'inviter Votre Excellence à venir boire une tasse de thé chez moi? demanda le poète.

— Je refuse de monter une marche de plus, déclara fermement le magistrat. Dites à l'un de ces moines d'apporter un grand pot de thé bien fort dans la pièce que j'aperçois là-bas.

Il se dirigea vers un cabinet qui servait apparemment de salon et s'assit devant une table en santal sculpté. Après avoir fait signe à Tao Gan de prendre place en face de lui, il se mit à examiner sans rien dire les portraits d'Immortels taoïstes accrochés au mur dans leurs cadres somptueux. A travers la partie ajourée de la cloison, il distinguait vaguement le sommet de grandes statues dorées perdues dans la pénombre de la salle voisine.

Tsong Li revint bientôt avec une grosse théière et emplit les tasses, puis, sur l'invitation du juge, il s'assit à son tour. Dans la chapelle latérale un chant funèbre s'éleva. Les prières des morts étaient commencées.

Rompu de fatigue, le juge Ti demeurait parfaitement immobile. Ses jambes lui faisaient mal, son dos était courbaturé, et il éprouvait une curieuse sensation de vide dans la tête. Il essaya de passer en revue la double série d'événements qui avaient précédé la mort de Miroir-de-Jade et le suicide de Vraie-Sagesse. Certains détails demeuraient obscurs, d'autres lui permettaient de compléter l'image qu'il se faisait de Mo Mo-té quand il aurait découvert leur véritable signification, mais à présent son cerveau était trop engourdi pour se livrer à aucun travail. Le casque de Mo Mo-té revenait constamment devant ses yeux. Il y avait dans cette coiffure quelque chose de bizarre qu'il n'arrivait pas à définir. Ses pensées devinrent de plus en plus confuses et il se rendit compte que le chant monotone des moines commençait à l'endormir.

Il étouffa un bâillement, se redressa, et, posant ses coudes sur la table, regarda ses compagnons. Le visage maigre de Tao Gan gardait son impassibilité coutumière. Tsong Li paraissait épuisé. La fatigue lui faisait perdre son habituelle expression d'insolence et le rendait tout à fait présentable, songea le juge. Après avoir achevé sa tasse, il dit au jeune homme :

– Maintenant que votre mission est terminée, pourquoi ne vous mettriez-vous pas sérieusement à l'étude des Classiques? Vous pouvez encore préparer les Examens Littéraires et vous montrer digne de votre honorable père! Repoussant son bonnet en arrière, il continua d'un ton plus animé : A présent, parlons un peu de Mo Mo-té. Je voudrais sauver sa dernière victime s'il en est temps encore, mais pour cela il faut mettre la main sur le coquin et l'obliger à nous dire où il cache la femme au bras coupé.

– La femme au bras coupé? répéta Tsong Li avec étonnement.

– Oui, répondit le juge en lui jetant un regard inquisiteur. L'auriez-vous rencontrée?

Tsong Li secoua la tête.

– Non, Votre Excellence. Il y a plus de deux semaines que je suis ici, mais je n'ai jamais entendu parler d'une telle créature. Avec un sourire, il ajouta : « A moins que vous ne parliez de la statue qui se trouve dans la Galerie des Horreurs? »

– Quelle statue? demanda le juge, surpris à son tour.

– Celle qui est couverte de chaînes. Le bois de son bras gauche était mangé aux vers et s'est détaché du tronc. Il faut avouer, d'ailleurs, que les moines n'ont pas mis longtemps à la réparer! Comme le juge le regardait fixement, il précisa : « Vous savez bien, cette femme nue qu'un démon bleu perce de sa lance. Vous avez même déclaré à Tao Gan que... »

— Espèce de petit imbécile! s'écria le juge en frappant la table du poing. Pourquoi ne m'avez-vous pas parlé de cela plus tôt?

— Quand nous sommes entrés dans la Galerie des Horreurs, je vous ai dit qu'une statue était en réparation, et...

Le juge oublia sa fatigue.

— Suivez-moi! cria-t-il en saisissant la lanterne.

Il traversa la grande salle au pas gymnastique et grimpa quatre à quatre l'escalier du premier étage. Ses deux compagnons avaient peine à ne pas se laisser distancer.

Il leur fit parcourir à la même allure le couloir de la Tour Sud-Ouest et descendre les marches qui conduisaient à la Galerie des Horreurs. Ouvrant la porte d'un coup de pied, il ne s'arrêta que devant le démon bleu et la femme étendue sur son rocher.

— Elle saigne! murmura-t-il.

Tao Gan et Tsong Li regardaient avec consternation le filet rouge qui filtrait sous la pointe de l'arme.

Le juge se baissa pour écarter les cheveux répandus sur le visage de la suppliciée.

— Rose-Blanche! cria Tsong Li. Ils l'ont tuée!

— Non, dit le magistrat. Voyez, elle remue les doigts.

Une couche de badigeon couvrait le corps de la jeune fille et l'on avait peint en noir ses pieds et ses mains de façon à les rendre invisibles sur le fond sombre.

Elle ouvrit les yeux et posa sur le juge un regard où se lisait autant de crainte que de souffrance, puis les paupières bleuâtres retombèrent. Une bande de cuir cachait le bas de son visage, efficace bâillon qui l'empêchait en même temps de mouvoir la tête.

Tsong Li se précipita pour délivrer la jeune fille, mais le juge le repoussa brutalement.

— Ne touchez à rien! ordonna-t-il. Vous risqueriez de lui faire plus mal encore. Laissez-nous opérer nous-mêmes.

Tao Gan enleva les chaînes une à une.

— Cette quincaillerie sert seulement à dissimuler les crochets qui la retiennent au rocher, dit-il en montrant les bandes de métal qui enserraient les chevilles, les cuisses, les bras et les poignets de la malheureuse. Comme il sortait sa trousse, le juge l'arrêta et, se penchant vers la pointe de la lance, appuya légèrement sur la chair afin de dégager le fer de l'arme. Du sang s'échappa de la blessure et vint tacher la poitrine badigeonnée. La plaie semblait peu profonde. Le juge ploya la lance de façon à écarter sa pointe de la jeune poitrine, puis, d'un coup sec, brisa la hampe en deux. Les mains du démon de bois tombèrent sur le sol.

— A présent, donne-moi des pinces et charge-toi des jambes, commanda-t-il à Tao Gan.

Pendant que son lieutenant desserrait les crampons de fer qui maintenaient les chevilles de Rose-Blanche, le juge s'attaqua au bâillon. Quand il eut retiré les clous qui fixaient la bande de cuir au rocher, il sortit un tampon d'ouate de la bouche de la jeune fille. Avec d'infinies précautions il s'occupa ensuite des brides de fer qui avaient pénétré profondément dans la chair de ses bras.

— On peut dire que c'est ingénieux, murmura Tao Gan en jetant un regard d'admiration à la sangle métallique dont il venait de débarrasser la cuisse droite de la prisonnière.

141

La tête enfouie dans ses mains, Tsong Li sanglotait.

— Venez m'aider, lui cria le juge. Soutenez-la.

Pendant que le poète passait un bras derrière le buste de Rose-Blanche, le juge aidait Tao Gan à retirer le dernier crampon, puis les trois hommes la soulevèrent délicatement et l'étendirent sur le plancher. Après quoi, le juge ôta son foulard et en couvrit le ventre de la jeune fille.

Tsong Li s'agenouilla près d'elle et se mit à lui caresser les joues en murmurant des paroles tendres. Rose-Blanche ne les entendit pas, elle venait de s'évanouir.

Le juge et Tao Gan arrachèrent les lances que brandissaient un couple de démons verdâtres et les posèrent sur le sol. Tao Gan retira sa robe de dessus qu'il fixa aux hampes des deux armes de façon à en faire une civière. Quand la jeune fille eut été installée dessus, il fit signe à Tsong Li, et tous deux levèrent avec précaution le brancard improvisé.

— Portez-la dans la chambre de Mademoiselle Ting, commanda le juge Ti.

XVI

Rose-Blanche raconte au magistrat
une surprenante histoire;
Mademoiselle Ting trouve la solution
de son petit problème personnel.

Le juge dut frapper assez longtemps avant que Mademoiselle Ting n'ouvrît sa porte, vêtue seulement d'une légère robe de nuit.

— Vous seriez mon époux, vous n'useriez pas plus librement de ma chambre! dit-elle en toisant le visiteur de ses yeux gonflés de sommeil.

— Laissez-nous passer, répliqua le juge dont l'humeur n'était pas au badinage. La comédienne s'écarta en jetant un regard ébahi aux deux hommes qui portaient Rose-Blanche inerte.

— Ranimez tout de suite votre brasero pour réchauffer la pièce, commanda le juge pendant qu'ils déposaient la jeune fille sur le lit. Vous préparerez ensuite un grand pot de thé bouillant et en ferez boire plusieurs tasses à Mademoiselle Pao. Elle est restée nue je ne sais combien d'heures dans un endroit glacial et risque d'attraper une pneumonie dangereuse. Vous la débarrasserez de l'enduit de badigeon avec une serviette imbibée d'eau chaude. Faites attention, la plaie sur la poitrine est superficielle, mais les blessures de ses bras et de ses jambes sont peut-être plus sérieuses qu'elles n'en ont l'air. Autre chose : votre métier d'acrobate vous a appris à soigner les membres démis ou les vertèbres déplacées, n'est-ce pas?

Mademoiselle Ting fit un signe de tête affirmatif.

– Bon, alors examinez son dos et voyez si la colonne vertébrale n'a pas souffert. Moi, je vais chercher les drogues nécessaires pour la soigner. Ces deux hommes monteront la garde devant votre porte pendant ce temps-là.

Sans poser de question, la comédienne ramassa un éventail de bambou et se mit à l'agiter au-dessus des braises.

– Courez vite chercher Kang, dit le juge à Tao Gan et à Tsong Li en les entraînant au-dehors. Si vous rencontrez Mo Mo-té en route, emparez-vous de sa personne... sans y mettre trop de douceur!

Il grimpa quatre à quatre les marches qui menaient à son appartement et se fit ouvrir par les servantes.

A la clarté vacillante des bougies, il aperçut ses trois épouses pelotonnées ensemble sous la couverture brodée du grand lit. Elles dormaient paisiblement. Sans faire de bruit, il se dirigea vers le coffre à médecine et bouleversa son contenu jusqu'à ce qu'il eut trouvé les emplâtres et les pots d'onguents dont il avait besoin. Lorsqu'il se retourna, la Première Épouse était assise sur son séant et fixait sur lui des yeux ensommeillés en se voilant la poitrine avec sa robe de nuit. Le juge sourit pour la rassurer et sortit rapidement.

A peine arrivait-il dans le couloir du premier étage qu'il vit ses émissaires reparaître. Kang n'était pas dans sa chambre, annonça Tao Gan, et l'ours avait également disparu. Quant à Mo Mo-té, toujours pas trace de lui.

— Tant pis, répondit le magistrat. A présent, va chez Madame Pao et amène-la ici.

— Quel est le monstre qui a torturé Rose-Blanche? demanda Tsong Li, les traits contractés par l'angoisse et la colère.

— Nous allons bientôt le savoir, répliqua le juge.

Tao Gan revenait déjà.

— Sa porte était fermée à clef, mais j'ai forcé la serrure, annonça-t-il. Les bagages ont disparu. Il ne reste que les vêtements de Madame. Aucun des deux lits n'a servi ce soir.

Le juge ne répondit pas. Les mains derrière le dos, il se mit à arpenter le corridor.

Un temps assez long s'écoula ainsi, puis Mademoiselle Ting ouvrit sa porte et fit signe au magistrat de venir.

— Je vous appellerai tout à l'heure, dit-il aux deux hommes avant d'entrer.

Il s'approcha du lit; la comédienne rabattit la couverture et prit une bougie pour l'éclairer pendant son examen. Rose-Blanche était toujours sans connaissance mais ses lèvres remuèrent quand le juge sonda les profondes blessures faites par les crampons de métal.

Se redressant, il sortit une petite boîte de sa manche. « Faites fondre le contenu de ceci dans une tasse de thé bouillant, » ordonna-t-il. « C'est à la fois un somnifère et un calmant. »

Il reprit son examen. La jeune fille était encore vierge et ne portait d'autre signe de violence qu'une contusion bleuâtre à la tempe gauche. Le cœur battait d'une façon irrégulière, mais il ne semblait pas y avoir de lésions internes. Il frotta doucement les ecchymoses avec son onguent et les recouvrit d'un emplâtre. A sa grande satisfaction, il vit que Mademoiselle Ting avait appliqué une membrane d'œuf sur la blessure de la poitrine. Après avoir remis la couverture en place, il sortit d'une autre petite boîte une pincée de poudre et l'introduisit dans les narines de Rose-Blanche.

La comédienne lui tendit la tasse dans laquelle elle avait fait dissoudre le somnifère. Sur un signe du juge, elle souleva la tête de la patiente qui éternua aussitôt. Le magistrat fit avaler le médicament à la jeune fille et s'assit au bord du lit. Rose-Blanche ouvrit les paupières et fixa sur lui un regard étonné.

– Appelez Tao Gan et Tsong Li, ordonna le juge à Mademoiselle Ting. Elle va parler et je veux qu'ils soient présents comme témoins.

– Son état n'est-il pas alarmant? demanda la comédienne d'un ton anxieux.

– Pas trop. Il lui tapota l'épaule en souriant. Vous vous êtes fort bien tirée de votre tâche, ma petite, déclara-t-il. Maintenant, allez chercher nos amis!

Elle revint accompagnée des deux hommes, et le magistrat dit à Rose-Blanche :

– Vous n'avez plus rien à craindre, mon enfant. Tout à l'heure vous ferez un bon somme et il n'y paraîtra plus!

Le regard fixe de la jeune fille l'inquiéta. « Parlez-lui », commanda-t-il à Tsong Li.

Le poète se pencha sur elle et prononça son nom. Rose-Blanche parut l'entendre, elle leva les yeux et demanda :

– Que s'est-il passé? Oh!... je me souviens! Était-ce un cauchemar?

Le juge fit signe à Tsong Li de ne pas répondre. Le jeune homme s'agenouilla près du lit et, prenant la main de son amie entre les siennes, lui caressa tendrement les doigts tandis que le magistrat disait d'une voix rassurante :

— Tout cela est fini, mon enfant... bien fini.

— Mais je les vois encore, cria-t-elle. Tous ces horribles visages!

— Racontez-moi... l'encouragea le juge. Vous savez comment il en est avec les mauvais rêves, quand on les raconte ils s'effacent et perdent leur pouvoir maléfique. Qui vous a emmenée dans la Galerie?

Rose-Blanche poussa un long soupir. Le regard fixé sur les rideaux du lit, elle commença lentement :

— Au sortir de la représentation, j'étais bouleversée. Je suis la sœur de Kang Yi-té, nous avons toujours eu beaucoup d'affection l'un pour l'autre et les horribles moulinets de l'homme au sabre m'avaient terrifiée! Dès que nous fûmes dehors, j'invoquai je ne sais plus quel prétexte pour quitter Madame Pao et j'allai rejoindre mon frère dans les coulisses. Je lui dis que j'étais très embarrassée et que je désirais lui parler sans témoins. Il me suggéra de monter dans sa chambre en me faisant passer pour lui. Il était travesti en femme, vous le savez peut-être?

Elle regarda le juge d'un air interrogateur.

— Oui, je suis au courant, dit-il. Mais quand vous nous avez quittés, dans le couloir, où êtes-vous allée?

— Après le tournant, je suis tombée sur Madame Pao. Elle était furieuse et m'a fait une véritable scène, puis m'a traînée de force dans notre chambre. Là, elle me demanda de l'excuser, m'expliqua qu'elle était responsable de moi et ne pouvait pas me permettre de fréquenter une

147

actrice de réputation douteuse. Remplie d'indignation, j'eus le courage de lui dire que je n'étais pas sûre de ma vocation religieuse, ajoutant que je voulais parler de cette question avec Mademoiselle Ngeou-yang, que j'avais connue dans la capitale.

« Madame Pao prit la chose avec assez de calme. Elle me répondit que j'étais libre de prendre une décision dans un sens ou dans l'autre, mais que les moines avaient commencé leurs préparatifs pour recevoir mes vœux et qu'elle devait les avertir immédiatement. Quand elle revint, elle m'annonça que le Père-Abbé attendait ma visite. »

Tournant les yeux vers le jeune poète, elle poursuivit :

– Madame Pao m'emmena dans le Temple et me fit prendre l'escalier de droite. Après avoir monté et descendu je ne sais combien de marches nous nous trouvâmes dans une sorte de cabinet de toilette. Madame Pao voulut me faire endosser un costume de religieuse, prétendant que cette tenue serait plus convenable pour me présenter devant le Supérieur. Je compris soudain qu'on essayait de me forcer la main et refusai obstinément d'obéir.

« Madame Pao se mit dans une colère terrible. Je ne l'avais jamais vue ainsi. Elle employa des mots que je n'oserais jamais répéter, arracha mes vêtements, et me poussa toute nue dans la pièce voisine. J'étais si stupéfaite que je n'eus pas la force de résister.

Rose-Blanche regarda le juge d'un air malheureux. Il lui présenta vite une autre tasse de thé. Après avoir bu, elle reprit sur un ton plus bas :

– Je me trouvais dans une somptueuse cham-

148

bre à coucher. Des profondeurs d'un grand lit aux rideaux de brocart jaune une voix étouffée me cria : « Viens mon épouse, le moment est venu pour toi de recevoir l'initiation céleste. » Je compris que j'étais tombée dans un piège et que je devais m'échapper à tout prix, mais Madame Pao sauta sur moi et me lia les mains derrière le dos. M'attrapant par les cheveux, elle voulut me traîner vers le lit. Je lui donnai des coups de pieds et appelai au secours de toutes mes forces. « Lâchez-la, dit la voix, je veux réjouir mes yeux du spectacle de sa beauté impuissante. » Madame Pao me fit tomber à genoux et recula. Une sorte de gloussement vint du lit; le son était si horrible que malgré moi j'éclatai en sanglots. « Voilà qui est mieux, dit Madame Pao. Maintenant, tu vas être une bonne petite fille et faire ce qu'on te commande. » Je lui répondis que je préférais mourir. « Dois-je employer le fouet? » demanda-t-elle. « Non, déclara la voix, ce serait dommage d'abîmer une si jolie peau. Elle a seulement besoin d'un peu de temps pour réfléchir. Endormez-la. » Madame Pao s'approcha de moi et me donna un grand coup de poing sur la tempe. Je m'évanouis.

Tsong Li voulut parler, mais le magistrat lui fit signe de se taire et, après une courte pause, Rose-Blanche continua :

– Une atroce douleur dans le dos me fit revenir à moi. J'étais à demi couchée sur quelque chose de dur. Je ne distinguais rien parce que j'avais tous mes cheveux dans la figure. J'essayai d'ouvrir la bouche, mais je m'aperçus que j'étais bâillonnée. Mes bras et mes jambes étaient maintenus par des bracelets de fer qui pénétraient dans ma chair au moindre mouvement.

Mon dos me faisait mal et j'avais l'impression qu'une sorte de croûte me recouvrait la peau.

« J'oubliai soudain ma souffrance en apercevant un visage bleu absolument démoniaque. Je viens de mourir, pensai-je, et je suis en Enfer. Terrifiée, je m'évanouis de nouveau. La douleur éprouvée dans mes bras et mes jambes me fit bientôt reprendre connaissance. En soufflant par mes narines, je réussis à repousser légèrement mes cheveux et je me rendis compte que le diable à la lance était un démon de bois. Je compris qu'on m'avait mise dans la Galerie des Horreurs, à la place d'une statue, et que mon corps était recouvert d'une peinture quelconque. Le soulagement de me trouver vivante fut vite remplacé par une terreur nouvelle : quelqu'un se tenait près de moi avec une bougie. Quelle torture supplémentaire me préparait-on? Au bout d'un instant tout redevint noir et j'entendis des pas qui s'éloignaient. J'essayai désespérément de crier, n'importe quel sort me semblant préférable à celui d'être abandonnée toute seule dans cette horrible obscurité. Bientôt le silence fut à nouveau rompu... des rats couraient de tous côtés.

Rose-Blanche ferma les yeux et un grand frisson la secoua. Tsong Li se mit à sangloter, inondant de ses larmes la main de la jeune fille. Elle leva les yeux vers le juge et poursuivit d'un ton las :

– Je ne sais combien de temps je restai ainsi, à demi folle de souffrance et de terreur, pénétrée jusqu'aux os par l'humidité glaciale de l'atmosphère. Enfin j'aperçus une lumière et j'entendis parler. Je reconnus la voix de Votre Excellence et, pour signaler ma présence, j'essayai de mouvoir mes mains et mes pieds. Engourdis, ils refusèrent de m'obéir. C'est alors que votre remarque à propos de l'indécence de ma tenue me frappa... N'avais-je pas un morceau d'étoffe autour des reins?

— Bien sûr! se hâta de répondre le juge Ti. Cependant les autres statues n'en avaient pas, d'où ma remarque.

La jeune fille parut soulagée.

— Je le pensais bien, dit-elle, mais sans en être absolument sûre à cause de la couche de peinture. Après cette réflexion, vous avez continué votre chemin.

« Mon unique chance d'être sauvée était d'attirer votre attention lorsque vous repasseriez. Je m'obligeai à réfléchir. Soudain, la pensée me vint que si j'appuyais ma poitrine contre la pointe de la lance, du sang coulerait et, se détachant sur la blancheur du badigeon, arrêterait peut-être votre regard. Au prix d'un terrible effort, je réussis à mouvoir mon buste. La douleur que je ressentis quand l'arme s'enfonça dans ma chair ne fut rien à côté de la torture infligée à mes bras et à mon pauvre dos. La couche de badigeon m'empêchait de sentir si du sang perlait de la blessure, mais le bruit d'une goutte qui tombait sur le plancher m'apprit le succès de l'opération. Je repris courage.

« Des pas retentirent de nouveau dans la Galerie. Quelqu'un passa en courant sans me regarder. Je savais que vous viendriez aussi, mais il me sembla qu'une éternité s'était écoulée quand je vous entendis enfin.

— Vous vous êtes montrée très brave, dit le juge. Encore deux questions maintenant et vous pourrez vous reposer. Vous serait-il possible de me décrire de façon plus détaillée le chemin que Madame Pao vous a fait prendre pour vous conduire dans la chambre aux rideaux de brocart jaune?

Rose-Blanche fronça les sourcils, cherchant à se souvenir.

— Je suis certaine que cette chambre se trouvait dans l'aile orientale. Mais je n'étais jamais allée de ce côté auparavant et nous fîmes de si nombreux détours...

— Avez-vous traversé un palier au centre duquel s'ouvrait un grand trou carré entouré d'un treillis de bois?

La jeune fille secoua tristement la tête.

— Je ne me souviens pas du tout, murmura-t-elle.

— Cela ne fait rien. Dites-moi seulement si la voix qui venait du lit vous était familière. Vous a-t-elle rappelé celle du Supérieur?

Rose-Blanche secoua de nouveau la tête.

— J'ai encore le son de cette horrible voix dans les oreilles, mais elle n'évoque pour moi aucune de celles que je connais. Avec un soupçon de sourire, elle ajouta : J'ai cependant l'ouïe fine... j'ai reconnu la voix de Tsong Li la première fois que vous êtes entrés dans la Galerie. Pourtant, vous étiez encore loin! Vous dire le soulagement...

— C'est Tsong Li qui m'a fait penser à vous chercher là, dit le juge. Sans lui, je ne vous aurais pas retrouvée.

Elle jeta un tendre regard au poète agenouillé auprès du lit, puis, tournant la tête vers le juge Ti, elle murmura :

— Je me sens si heureuse, à présent... si paisible. Je ne pourrai jamais m'acquitter envers vous...

— Cela vous sera très facile, au contraire,

l'interrompit le magistrat. Apprenez seulement à ce garçon à écrire de meilleurs vers!

Rose-Blanche voulut sourire, mais elle n'en eut pas la force et ses paupières battirent plusieurs fois de suite. Le somnifère commençait à agir.

Le juge dit à voix basse à la comédienne :

– Aussitôt qu'elle sera endormie, flanquez-moi ce garçon-là dehors et frottez doucement la patiente avec le liniment que voici.

On entendit frapper à la porte. Kang Yi-té parut, en costume masculin.

– J'ai mis mon ours dehors pour qu'il prenne un peu d'exercice, dit-il. Que signifie tout ce bruit?

– Je n'ai pas le temps de vous l'expliquer, répondit le magistrat d'un ton bourru. Demandez à Mademoiselle Ting.

Celle-ci regardait le nouveau venu avec stupéfaction.

– Mais... vous êtes un homme! s'écria-t-elle.

– Voilà qui vous aidera peut être à résoudre certain problème, remarqua le juge.

Sans voir le poète ni la forme étendue sur le lit, Kang Yi-té s'avança vers la jeune femme. Quand le magistrat sortit de la pièce, il la prenait dans ses bras.

XVII

*Un grave magistrat
s'essaie aux tours d'adresse;
le Yin et le Yang
ouvrent une porte imprévue.*

— Je ferais mieux de donner ma démission de
magistrat et de m'établir marieur professionnel,
bougonna le juge Ti en gagnant le couloir. J'ai
réuni deux jeunes couples, mais je suis incapable
d'arrêter un dangereux criminel! Allons chez toi,
Tao Gan, il faut que nous trouvions rapidement
un moyen de mettre la main sur ce misérable.

— Je regrette de ne pas avoir levé les yeux vers
cette infortunée jeune fille en traversant la Galerie, Votre Excellence, répondit son lieutenant. Si
j'avais vu le sang...

— Ne te désole pas, c'est tout à ton honneur.
Laisse à notre ami Ma Jong le soin de lorgner les
femmes nues!

Arrivé dans sa petite chambre, Tao Gan s'empressa de faire du thé. Le magistrat en but une
tasse puis poussa un soupir et dit:

— C'était donc une statue de la Galerie des
Horreurs que j'ai vue dans les bras de Mo Mo-té,
quand la fenêtre s'est ouverte. Voilà une énigme
résolue. Tout au moins en partie, car je n'arrive
pas à comprendre comment j'ai pu apercevoir
cette scène à travers une fenêtre qui n'existe pas!
Enfin, laissons ce problème de côté pour l'instant,

et examinons les faits concrets que nous venons de découvrir. Madame Pao servait d'entremetteuse à Mo Mo-té, et Vraie-Sagesse trempait dans leurs ignobles manigances. Mo devait avoir projeté depuis un certain temps déjà de mettre Mademoiselle Kang dans la Galerie des Horreurs. Il avait enlevé la statue de bois avant notre arrivée, et probablement fixé aussi les crampons dans le mur. Mais quel toupet de continuer paisiblement sa petite besogne sous notrez nez! Le juge tira sur sa barbe avec colère. Quand Madame Pao eut fait part des hésitations de Rose-Blanche à Vraie-Sagesse et à Mo Mo-té, les coquins se dépêchèrent d'agir. Si j'avais demandé à voir la jeune fille avant mon départ, on m'aurait sans doute répondu qu'elle faisait une retraite dans la partie interdite au public. Ils comptaient sur leurs infernales tortures pour lui ôter l'envie de les dénoncer et auraient expliqué de façon ou d'autre son revirement à Tsong Li et à Mademoiselle Ngeou-yang – je n'arrive pas à dire Kang Yi-té –! D'ailleurs, après avoir subi le sort qu'on lui réservait, la malheureuse, n'aurait sûrement pas tenu à revoir ses amis.

Le juge fronça ses gros sourcils. Tao Gan l'écoutait en jouant avec les poils de sa verrue : aucun exemple de perversité humaine ne réussissait jamais à l'étonner. Le magistrat reprit :

– Vraie-Sagesse a échappé à la justice terrestre, mais Mo Mo-té paiera pour eux deux! C'est lui le principal criminel, d'ailleurs. Le Père-Abbé était un lâche et n'aurait pas eu le cran nécessaire pour mener à lui seul l'entreprise à bien. Je vais aller réveiller Maître Souen. Nous rassemblerons les religieux, puis Kouan Lai et Kang Yi-té les passeront en revue. Si Mo Mo-té ne se trouve pas parmi eux, nous fouillerons le monastère comme je brûle de le faire depuis notre arrivée ici.

Ce plan ne parut pas enthousiasmer Tao Gan.

— Si nous donnons l'ordre à tous les moines de se réunir, dit-il, Mo Mo-té se doutera que nous sommes à ses trousses, et il sera loin avant que les recherches aient seulement commencé. Le Ciel sait combien d'issues possède cette sacrée bâtisse, et quand le coquin sera dans la montagne, nous ne l'attraperons pas aisément. Ce serait autre chose, bien sûr, si nous avions Ma Jong, Tsiao Taï et une vingtaine de sbires avec nous. Mais à nous deux... Il n'acheva pas sa phrase.

Le juge dut reconnaître la justesse de ce raisonnement. Que faire alors? Machinalement, il prit une baguette à manger et essaya de placer sa soucoupe en équilibre sur l'extrémité du morceau d'ivoire.

— C'est dommage de ne pas avoir un plan du monastère, reprit Tao Gan. En l'étudiant, nous pourrions repérer l'emplacement de la pièce où Rose-Blanche a été emmenée. Ce n'est sans doute pas loin de l'endroit où Votre Excellence a vu Mo Mo-té avec la statue au bras cassé. Nous pourrions alors mesurer l'épaisseur des murs.

— Maître Souen m'a montré une sorte de plan schématique. Le juge parlait sans quitter la soucoupe des yeux : elle était presque en équilibre. Cela m'a permis de m'orienter, mais bien entendu ce plan ne donne aucun détail.

Levant avec précaution sa baguette, il lâcha la soucoupe... qui tomba sur le carrelage et se brisa en plusieurs morceaux.

Tao Gan ramassa les fragments de porcelaine. Tout en essayant de les rassembler, il demanda d'un ton intrigué :

– Que voulait donc faire Votre Excellence?

– Oh, répliqua le juge un peu confus, c'est un numéro qu'exécute Mademoiselle Ting. On fait tourner la soucoupe au bout de la baguette; elle ne peut pas s'échapper à cause de la nervure circulaire du fond. C'est un très joli tour d'adresse. La rotation de cette soucoupe me faisait penser au symbole taoïste tracé par Maître Souen en haut de son dessin. C'est une sorte de cercle noir et blanc qui représente l'action réciproque des deux forces primordiales de l'Univers. Il est curieux que la soucoupe soit tombée, quand j'ai vu Mademoiselle Ting opérer, ça semblait très facile.

– La plupart des tours d'adresse paraissent faciles quand ils sont bien exécutés, répliqua Tao Gan avec un petit sourire. En réalité, ils exigent un long entraînement. Il ne manque pas un morceau de la soucoupe, Votre Excellence. Demain, je la raccommoderai, et elle durera encore de nombreuses années!

– Pourquoi es-tu si économe, Tao Gan? demanda le juge. Je sais que tu possèdes un peu d'argent et que tu n'as à subvenir aux besoins de personne. Sans te lancer dans de grandes dépenses, tu pourrais tout de même être moins regardant!

Son mélancolique lieutenant lui jeta un regard humble et expliqua :

– Tant de bonnes choses nous sont accordées par la nature, Noble Juge... un toit pour abriter notre tête, de la nourriture pour notre estomac, des vêtements pour notre corps... Nous acceptons tout cela comme un dû, souvent même nous en faisons mauvais usage, aussi ai-je toujours peur de voir le Ciel se fâcher, et je ne peux souffrir qu'on mette au rebut des choses encore utilisables. Tenez... tous les morceaux de la soucoupe y sont. La voilà complète, à part cette petite fente qui coupe horizontalement le motif floral!

Le juge Ti se redressa. Très droit dans son fauteuil, il contemplait la soucoupe reconstituée que Tao Gan lui présentait sur sa paume. Se levant brusquement, il se mit à marcher de long en large en marmonnant des paroles indistinctes.

Tao Gan le suivit du regard, interloqué, puis baissa de nouveau les yeux sur la soucoupe, cherchant ce qui pouvait motiver pareille réaction.

Le juge finit par reprendre son calme.

– Je suis un idiot, Tao Gan! s'écria-t-il. Je me suis laissé conduire par le bout du nez. Pas besoin de rassembler les moines, je sais où trouver notre homme! Mais il faut d'abord que j'aille voir Maître Souen. Va m'attendre sur le palier qui surplombe la chapelle centrale.

Il prit la lanterne et se précipita dehors, suivi de son lieutenant. En arrivant dans la cour déserte les deux hommes se séparèrent.

Le juge continua son chemin vers la Tour Sud-Ouest et gravit l'escalier en colimaçon. Il frappa plusieurs fois à la grande porte vermillon. N'obtenant pas de réponse, il poussa le battant et pénétra dans la bibliothèque éclairée par quatre bougies presque entièrement consumées. Une seconde porte, placée derrière le bureau, donnait vraisemblablement dans la chambre de Maître Souen. Le juge frappa derechef et colla son oreille au panneau. Aucun son ne lui parvint. Il tenta d'ouvrir, mais s'aperçut que la serrure était fermée à clef.

158

Il pirouetta sur lui-même et s'en fut étudier le cercle symbolique sur le dessin accroché au mur. Hochant la tête avec satisfaction, il quitta la pièce sans attendre davantage. La balustrade brisée retint une seconde son regard, puis il gagna le palier central.

Tao Gan n'était pas là. Le juge haussa les épaules, et, après avoir écouté un instant le vague murmure de prières qui montait de la nef, il se dirigea vers la resserre.

La porte était entrebâillée. Il leva sa lanterne pour mieux voir. La pièce avait le même aspect que lors de sa précédente visite, mais l'armoire ancienne qui se trouvait dans le coin le plus éloigné était grande ouverte.

Il se précipita vers le meuble, entra dedans, et, approchant sa lumière des deux dragons peints sur la paroi du fond, les examina soigneusement. Le cercle placé entre eux représentait bien le symbole taoïste, mais, au lieu d'être verticale, la ligne sinueuse qui séparait les deux forces était horizontale. Lors de sa conversation avec Souen Ming, il ne s'était pas souvenu de l'endroit où il avait vu le symbole ainsi divisé, et c'est la soucoupe reconstituée par Tao Gan qui venait de lui rafraîchir la mémoire.

Un détail qu'il n'avait pas remarqué précédemment le frappa soudain : le point placé dans chaque moitié du cercle (germe de la force opposée, selon l'explication de Souen Ming) était en réalité un petit trou foré dans le bois. De son index replié, il tapota la figure symbolique. Non, ce n'était pas du bois, mais du métal. Et une étroite rainure la séparait de la surface laquée du meuble.

Le juge sortit de son chignon une longue

épingle à cheveux. Il en inséra l'extrémité dans l'un des trous, puis essaya de faire tourner le disque vers la gauche. Rien ne bougea. Tenant l'épingle à deux mains, il recommença la même manœuvre vers la droite. Cette fois le disque pivota et le magistrat lui fit accomplir d'abord cinq tours complets, puis, avec un peu plus de difficulté, quatre autres tours. La moitié droite du fond de l'armoire s'écarta comme une porte qui s'ouvre. Il entendit du bruit de l'autre côté et la referma doucement.

Sortant du meuble, il courut vers le couloir. Tao Gan n'était toujours pas là. Tant pis, il se passerait de témoin. Il pénétra de nouveau dans l'armoire et poussa la porte mystérieuse.

Un étroit passage parallèle au mur apparut. Il donnait, presque tout de suite à droite,. sur une autre ouverture. Le juge l'atteignit en deux enjambées et aperçut une petite pièce éclairée faiblement par une lampe à huile poussiéreuse accrochée au plafond bas. Un homme de forte carrure était penché sur une couchette de bambou qui occupait le mur du fond. Il la frottait avec un morceau de chiffon. Sur le plancher, un couperet de cuisine baignait dans une mare rouge.

XVIII

Le juge Ti reçoit
les félicitations du coupable;
il prononce une sentence sans savoir
si elle sera jamais exécutée.

L'homme aux larges épaules tourna la tête et
dit avec un sourire indulgent :
— Vous avez donc fini par dénicher cette chambre, Ti? Vous êtes très intelligent, mon garçon!
Asseyez-vous sur cette couche que je viens de
nettoyer, et racontez-moi comment vous vous y
êtes pris. Attention, il y a du sang, par terre.
Le juge s'assit à côté de Maître Souen et
examina la pièce. Elle mesurait tout au plus six
pieds carrés et ne contenait pas d'autre meuble
que le lit sur lequel ils se trouvaient. Il remarqua,
dans un coin, une statue représentant une femme
nue grandeur nature; le bois apparaissait sous les
craquelures du plâtre et il ne restait du bras
gauche qu'un moignon mangé aux vers. A droite,
une sorte de niche sombre s'ouvrait dans le mur;
en face de lui un trou circulaire servait probablement de bouche d'aération.
— J'ai tout de suite soupçonné qu'il existait une
chambre secrète à l'angle de cette construction,
expliqua-t-il. Pourtant, à en juger par le peu de
profondeur des embrasures de fenêtres, la chose
paraissait impossible.
— En effet! gloussa Souen Ming. La muraille

du couloir n'est pas suffisamment épaisse pour contenir une cachette, mais, juste à l'angle, elle est doublée par un mur de soutien dans lequel on a ménagé cette confortable petite retraite! On ne la voit pas du ravin qui borde cette partie du monastère, on ne distingue rien non plus des fenêtres de l'aile orientale. Les vieux architectes connaissaient leur métier, Ti! Mais comment l'idée de chercher une chambre secrète vous est-elle venue?

– Oh, tout à fait par hasard. Hier soir, peu après mon arrivée au monastère, la violence du vent fit s'ouvrir un volet et j'aperçus cette pièce au moment où vous y apportiez une statue. Je vous vis seulement de dos, et je pris vos cheveux d'argent plaqués en arrière pour un casque, et la statue pour une vraie femme. Je me suis demandé par la suite si je n'avais pas été victime d'une hallucination et je vous ai consulté à ce sujet.

Eh bien, voilà qui n'est pas banal! s'écria Souen Ming en riant de bon cœur. Vous m'avez consulté à propos de moi-même!

Le juge Ti ne partagea pas l'hilarité de son interlocuteur.

– Comme l'acteur Mo Mo-té, reprit-il, arborait en scène un casque ancien semblable à celui que je croyais avoir vu sur la tête de l'inconnu, je le soupçonnai immédiatement et me mis à le pour-chasser. Ce que je n'arrive pas à comprendre, par exemple, c'est pourquoi la fenêtre que j'aperçois à droite n'est pas visible de l'extérieur. C'est bien celle que j'ai entrevue hier soir, pourtant?

– En effet, Ti, seulement c'est une fenêtre truquée. Oh, ne m'attribuez pas l'honneur de son invention, elle existait déjà quand j'ai découvert cette petite chambre. Les volets, vous le voyez,

162

sont à l'intérieur de la niche, et le panneau de papier huilé placé au-dehors, de niveau avec le mur, est peint de façon à imiter la brique. C'est de la peinture transparente, bien entendu, et, en plein jour, on peut ouvrir les volets pour éclairer la pièce sans que personne ne s'aperçoive de rien. Souen resta un instant songeur, puis reprit : Oui, je me souviens à présent. Hier soir j'ai voulu laisser entrer un peu d'air frais. De ce côté-ci, nous sommes à l'abri du vent, et je ne craignais pas d'être observé, car tous les volets de l'aile orientale étaient clos en raison de la tempête. Lorsque j'entendis l'ouragan en arracher un, je refermai rapidement les miens, mais je n'ai pas été assez vif, apparemment! En tout cas, c'était une imprudence de les avoir ouverts, je le reconnais bien volontiers.

— Vous avez commis une faute plus grande encore en m'expliquant que le symbole du Tao était toujours divisé en deux dans le sens de la hauteur. J'étais certain d'avoir vu un de ces cercles divisé horizontalement, sans cependant me rappeler ni où ni quand j'avais fait cette observation. Si vous m'aviez dit que la ligne transversale pouvait se tracer dans n'importe quel sens, je n'y aurais plus songé!

Maître Souen se frappa la cuisse avec bonne humeur.

— Oui, dit-il, vous m'avez posé cette question, je m'en souviens parfaitement. Je n'ai pas pensé à la serrure de la chambre secrète en vous faisant mon petit cours! Vous êtes observateur, Ti, très observateur! Mais comment avez-vous réussi à manœuvrer le disque? Son action fait monter ou descendre une barre verticale le long de la porte, et il ne tourne pas facilement. Il faut une clef spéciale. Le taoïste sortit de sa robe une fourche de fer acérée dont les deux dents correspondaient aux perforations du disque.

– Je me suis servi d'une épingle à cheveux, expliqua le juge. Il m'a fallu un peu plus de temps, voilà tout. Mais revenons à notre affaire. Vous avez commis une troisième imprudence en plaçant Mademoiselle Kang dans la Galerie des Horreurs. Elle ne pouvait ni bouger ni parler, je vous l'accorde, et la peinture noire sur ses pieds et ses mains était une trouvaille, mais avec tous ces gens venus pour la fête, elle risquait d'être découverte.

– Là, vous vous trompez, Ti, répliqua Souen Ming d'un ton désapprobateur. A cette époque de l'année la Galerie n'est pas ouverte au public. De toute façon, l'idée était amusante, ne trouvez-vous pas? Et je suis certain qu'après une nuit passée en ce lieu, la demoiselle serait devenue très raisonnable. Il faudra que je renouvelle l'expérience un de ces jours, quoique ce ne soit pas une mince besogne de leur enduire le corps de badigeon, croyez-moi! Vous avez l'esprit vif, Ti. Les déductions que vous ont inspirées les pupilles du chat n'étaient pas bêtes du tout. Quand j'ai suggéré à Vraie-Sagesse un moyen de nous débarrasser du vieux Supérieur je n'avais pas songé à cela! Vraie-Sagesse, je regrette de le dire, était un homme sans envergure, avide de puissance et d'argent, mais ne possédant pas les qualités nécessaires pour acquérir ces inestimables biens. Lorsqu'il remplissait les fonctions de Prieur, il puisa de façon si indiscrète dans le trésor du monastère que, sans mon intervention, il aurait été pris la main dans le sac. Après cela, dame, il fut bien obligé de collaborer à la réalisation de mes petites fantaisies. Miroir-de-Jade était d'une autre trempe! Par bonheur, ses facultés baissaient avec l'âge, et, quand il s'aperçut que des choses bizarres se passaient chez les postulantes, ses soupçons se portèrent sur Vraie-Sagesse. Vraie-Sagesse qui ne savait seulement pas comment une femme est faite! J'ai tout de même trouvé plus prudent d'éliminer le vieux bonhomme. Mon acolyte s'est chargé de l'opération... et j'ai ensuite persuadé le Père-Abbé Général de lui donner la succession du défunt!

Souen Ming s'arrêta un instant pour lisser ses gros sourcils d'un air songeur, puis il reprit :

— Mais dans les derniers temps, mon protégé perdait vraiment trop son sang-froid. Les allusions de ce pitoyable poète le mettaient au supplice, et il me répétait sans cesse qu'un moine étranger au monastère s'était introduit parmi nous pour l'espionner. Un moine au visage morose qu'il avait déjà rencontré, prétendait-il. C'est sans doute l'individu que vous cherchez, Ti! Balivernes que tout cela, bien entendu. Juste avant votre arrivée, j'ai fait venir Vraie-Sagesse dans mon perchoir et je l'ai tancé vertement. Ça n'a pas servi à grand chose, d'ailleurs. Il était si démoralisé qu'il a voulu vous occire. Il a raté son coup... et j'en suis très heureux, Ti, croyez-le bien!

Le juge ne répondit pas. Il resta un moment perdu dans ses pensées avant de déclarer :

— Les craintes de Vraie-Sagesse à propos du moine morose étaient pourtant fondées. Savez-vous d'où venait cette jeune femme nommée Liou qui est morte ici d'une maladie de langueur?

— Une maladie de langueur, dites-vous, Ti? C'est très drôle, cela! Mademoiselle Liou était une belle fille, robuste et pleine d'entrain. Elle appartenait à une bande de vagabonds, et les sbires l'ont arrêtée pendant qu'elle volait des poules près d'une ferme. Ma précieuse Madame Pao s'est fait livrer la donzelle en graissant la patte au geôlier.

— Tout concorde donc. On m'a fait savoir que le véritable nom du moine morose, comme vous l'appelez, était probablement Liou. C'est le frère de cette fille. Il voyage sous l'habit d'un moine taoïste et ce n'est pas la première fois qu'il visite le Monastère du Nuage Matinal. Ayant acquis la certitude que sa sœur avait été tuée ici, il est revenu sous le nom de Mo Mo-té avec l'intention de découvrir l'assassin. Le Père-Abbé n'avait pas tort d'être inquiet : Mo Mo-té sait se servir de son sabre, et ceux qui appartiennent à de telles bandes mettent toujours leur point d'honneur à se venger.

— Bah! répondit flegmatiquement Maître Souen, l'Abbé n'est plus de ce monde, nous mettrons tout sur son dos et votre belliqueux joueur de sabre sera satisfait. Mais la grosse erreur de Vraie-Sagesse a été, au dernier moment, de vouloir me trahir pour essayer de sauver sa peau.

— Oui, remarqua le juge, j'aurais dû me douter que Vraie-Sagesse ne s'était pas volontairement donné la mort. Vous l'avez poussé dans le vide, n'est-ce pas?

— C'est exact. Un sourire illumina le visage du taoïste. J'ai montré beaucoup de présence d'esprit en cette occasion. Mais laissez-moi vous féliciter pour la logique de votre raisonnement, Ti. Il y avait une telle force de persuasion dans vos arguments que je finissais presque par croire moi-même à son suicide! Je suis désolé de ne pouvoir vous offrir une tasse de thé, je n'ai pas ce qu'il faut pour cela dans cette petite pièce, par ailleurs si confortable.

— Aviez-vous d'autres complices que l'Abbé et Madame Pao?

— Non, bien entendu! Votre expérience de magistrat a dû vous apprendre que si l'on veut garder une chose secrète, il ne faut pas en parler à trop de monde.

— Je suppose que vous avez tué Madame Pao ici? demanda le juge en regardant le couperet ensanglanté.

— Oui. Quand je me suis aperçu que Mademoiselle Kang n'était plus dans la Galerie, je fus bien obligé de prendre mes précautions. Tuer la bonne dame n'offrit aucune difficulté, mais elle était assez volumineuse, comme vous le savez, et j'ai eu bien peur que ses restes... me restent sur les bras – si vous me permettez ce mauvais jeu de mots –. J'ai débité le corps en morceaux et je les ai fait glisser à travers cette bouche d'aération; au fond du ravin se trouve une crevasse que personne n'a jamais pu explorer, on n'ira pas les chercher là! Je regretterai cette femme, pourtant. Elle possédait l'art de se rendre utile et, grâce à mes soins, sa réputation dans la capitale était excellente. Mais il fallait bien qu'elle disparaisse car son témoignage était le seul qu'on pût invoquer contre moi dans l'affaire Kang. Avec un sourire amical il ajouta vite : A propos de cette petite, ne croyez pas que je vous en veuille, Ti! Je n'aime rien autant qu'une joute d'esprit avec un adversaire qui en vaut la peine. Vous devez être un excellent joueur d'échecs. Il faudra que nous fassions une partie ensemble demain. Vous jouez aux échecs, j'espère?

— Rarement. Les dominos sont mon jeu favori.

— Les dominos? Souen Ming paraissait déçu. Enfin, chacun son goût. Quant à Madame Pao, ne vous inquiétez pas, j'aurai vite trouvé quelqu'un d'autre pour continuer sa pieuse besogne.

Le juge regarda pensivement son hôte.

— Pourquoi êtes-vous venu vous enterrer dans ce monastère? demanda-t-il. Vous habitiez la capitale, autrefois.

A cette évocation du passé, Souen Ming sourit de nouveau. Il tapota les mèches argentées qui entouraient sa grosse tête et répliqua :

— Quand j'eus l'insigne honneur d'expliquer la doctrine taoïste à Sa Majesté, des courtisans et des dames du Palais voulurent en savoir plus long sur les rites secrets. La fille d'un certain chambellan... elle était fort jolie... mit beaucoup d'enthousiasme à s'instruire. Hélas, la stupide enfant mourut pendant que je lui donnais des leçons particulières. L'affaire fut étouffée, naturellement, mais je dus quitter le Palais. Ce monastère me plut, et je décidai d'y poursuivre mes études avec des jeunes filles que Madame Pao m'amena pour égayer ma solitude. Elles me donnèrent beaucoup de satisfaction, mais par malheur elles moururent aussi, comme vous le savez.

— Il m'est revenu que l'une d'elles était tombée accidentellement de la tour. Est-ce exact?

— Pas du tout! Inutile de vous dire que la fille dont vous parlez – elle s'appelait Houang – avait eu les honneurs de ma chambre spéciale. A propos, vous ne connaissez pas ma chambre spéciale, Ti! Il faudra venir la voir, elle est tendue de brocart jaune et je crois qu'elle a fortement impressionné Mademoiselle Kang. Mais revenons à Mademoiselle Houang. Elle est sortie de la pièce où nous sommes par le même chemin que Madame Pao, seulement, elle, c'était volontairement. Je l'avais enfermée ici pour la punir de je ne sais plus quelle faute et je décidai d'oublier son existence pendant deux ou trois jours. Eh bien, le croiriez-vous, Ti, la mâtine réussit à se faufiler à travers cette étroite bouche d'aération! Il faut dire qu'elle était plus mince que la bonne Madame Pao!

— Si vous êtes aussi bavard devant mon tribunal, ma besogne en sera grandement facilitée, remarqua le juge.

Souen Ming leva ses sourcils touffus.

— Devant votre tribunal? demanda-t-il, surpris. Que voulez-vous dire par là, Ti?

— Vous avez commis cinq meurtres sans parler d'un viol et d'un enlèvement. Vous n'imaginez tout de même pas vous en tirer comme cela?

— Mon bon ami! s'écria Souen. Naturellement je m'en tirerai comme cela... pour employer votre expression vulgaire. Vos seuls témoins étaient le Père-Abbé et Madame Pao. Ils ne sont plus de ce monde. Après les deux instructives aventures du début, je ne me suis plus jamais montré à mes partenaires avant de les avoir entièrement sous ma coupe. Dans votre procès-verbal, Vraie-Sagesse et la grosse veuve seront les seuls responsables du traitement infligé à Mademoiselle Kang.

Comme le magistrat secouait la tête, Souen Ming s'écria :

— Je vous ai pris pour un homme intelligent, Ti, ne me désappointez pas! Vous ne pourrez jamais engager de poursuites contre ma personne, voyons! Que penseraient les Hautes Autorités si vous m'accusiez, moi Sage taoïste renommé et ex-Tuteur Impérial, d'une série de crimes fantastiques... et cela sans un brin de preuve? Chacun penserait que vous êtes devenu fou, et votre carrière serait brisée. J'en serais désolé, Ti, vraiment désolé, car j'ai de l'affection pour vous.

— Et si, pour étayer mon accusation, je rappelais la répugnante affaire du Palais à laquelle vous avez fait allusion tout à l'heure?

Souen Ming se mit à rire de bon cœur.

— Mon cher Ti, ne comprenez-vous pas que des noms illustres sont mêlés à cette histoire? Soufflez-en seulement un mot, et vous serez rétrogradé, envoyé aux confins de l'Empire... ou peut-être même jeté en prison pour le restant de vos jours!

Le juge caressa pensivement ses favoris.

— Oui, finit-il par admettre avec un gros soupir, vous avez raison, je le crains.

— Mais bien sûr, Ti! J'ai pris grand plaisir à bavarder avec vous, c'est si agréable de pouvoir parler de ses petites marottes avec une personne compréhensive. Mais je vous demande d'oublier notre conversation. Regagnez Han-yuan avec la satisfaction d'être parvenu à résoudre un problème compliqué, et même de m'avoir battu en ce qui concerne la jeune Kang. Moi, je continuerai ma paisible existence dans ce monastère. Bien entendu, vous n'essaierez pas de mettre obstacle à mes petites... expériences. Vous êtes trop intelligent pour cela et vous vous doutez bien que je conserve toujours une certaine influence au Palais. Vous aurez appris une vérité capitale, Ti : les lois sont faites pour le peuple, elles ne s'appliquent pas aux personnes de ma trempe. J'appartiens à ce petit groupe d'hommes que leur savoir et leurs talents placent au-dessus du code. Nous avons laissé loin derrière nous ces notions conventionnelles que vous appelez le bien et le mal, Ti. Quand la foudre détruit une maison et tue ses habitants, faites-vous comparaître la foudre devant votre tribunal? Cette leçon vous sera fort utile plus tard, quand vous remplirez de hautes fonctions dans la capitale. Vous vous rappellerez alors cette conversation, et vous me serez reconnaissant de vous avoir dit tout ceci!

Il se leva et, frappant l'épaule du juge, ajouta d'une voix guillerette : « Je finirai de nettoyer ce gâchis plus tard. A présent, descendons; les moines vont bientôt préparer le petit déjeuner et nous avons besoin tous deux de reprendre des forces. La nuit a été fatigante pour chacun de nous! »

Le juge se leva aussi. Voyant Souen Ming prendre son grand manteau, il dit poliment :

— Que Votre Excellence me permette de porter ceci. Le temps s'est remis au beau.

— Merci, répondit le taoïste en lui tendant le vêtement. Ces orages de montagne sont particuliers : ils éclatent brusquement, se déchaînent avec une rare violence, et s'apaisent aussi vite qu'ils ont commencé. Cependant, je ne me plains pas, ils n'ont lieu qu'en automne et le reste du temps le climat me convient parfaitement.

Le juge prit la lanterne. Quand les deux hommes furent sortis de l'armoire, Souen fit tourner le disque en disant :

— Je ne me donnerai pas la peine de changer cette serrure, Ti. Les personnes capables de s'apercevoir que le symbole du Tao n'est pas placé dans sa position habituelle sont rares!

Ils descendirent l'escalier en silence. Arrivé au

seuil du portail, Souen Ming regarda les grandes dalles de pierre que l'aube teintait de gris et dit avec satisfaction :

– Le pavé est sec et il n'y a plus de vent. Nous pouvons traverser la cour pour aller au réfectoire.

Tout en marchant, le juge demanda :

– A quoi utilisez-vous l'autre chambre secrète? J'ai aperçu sa petite lucarne juste au-dessus de la resserre. Mais peut-être ne devrais-je pas poser cette question?

Souen Ming s'arrêta net.

– Que me dites-vous là! s'exclama-t-il. Une autre chambre secrète? Je ne la connais pas. Ces vieux architectes avaient plus d'un tour dans leur sac! En tout cas, vous êtes un garçon précieux, Ti! Montrez-moi cette lucarne.

Le magistrat le conduisit vers la courette placée entre l'aile orientale et la resserre. Posant lanterne et manteau sur le sol, il souleva la lourde barre transversale et ouvrit la porte, puis s'effaça pour laisser passer son compagnon. Quand celui-ci fut entré, le juge referma le battant et remit la barre en place.

Surpris, Maître Souen frappa au judas. Le juge Ti ramassa tranquillement sa lanterne et fit glisser le petit panneau de bois.

– Que signifie ceci? demanda aussitôt le taoïste.

– Cela signifie que vous allez être jugé ici-même, Souen Ming. Comme vous me l'avez fait observer, je ne puis vous traduire devant mon tribunal. Je vous remets donc aux mains d'un plus Grand Juge. Le Ciel va décider si l'auteur de cinq meurtres atroces sera puni ou si c'est moi qui devrai périr. Vous avez deux chances sur trois de

172

vous en tirer, Souen, alors que vos victimes n'en avaient aucune. Il est possible, en effet, que l'instrument de la justice vous laisse en paix. Il est possible également, s'il vous attaque, que vous puissiez attirer l'attention du seul homme capable de vous sauver.

Le visage de Souen Ming vira au pourpre.

— Le seul homme? cria-t-il fou de rage. Mais, vaniteux imbécile, dans moins d'une heure, il y aura des douzaines de moines dans la cour et ils me délivreront immédiatement.

— C'est en effet ce qu'ils feront... si vous êtes encore de ce monde. N'oubliez pas que l'instrument de la justice se trouve à vos côtés.

Souen se retourna vivement. Des grognements montèrent de l'obscurité.

S'accrochant aux barreaux du judas, le taoïste demanda d'une voix craintive :

— Qu'est-ce que c'est que ça, Ti?

— Vous le saurez bientôt, répondit le magistrat en refermant le panneau de bois.

Au moment où le juge Ti franchissait le portail du Temple, un hurlement de terreur déchira l'air.

XIX

*Mo Mo-té fait une nouvelle
et dernière apparition;
le juge Ti termine sa nuit en assistant
au petit lever de ses épouses.*

Le juge gravit une fois de plus les marches qui
conduisaient au palier central. Tao Gan n'était
toujours pas là. Le magistrat se rendit dans le
couloir de la resserre et ouvrit la seconde fenêtre.
Des grognements féroces mêlés de faibles gémis-
sements montaient de la petite cour, bientôt suivis
par un bruit sec, comparable à celui que fait une
branche morte en se brisant. Le juge jeta un
regard inquiet aux volets de l'aile orientale, mais
aucun ne bougea. Il poussa un profond soupir : le
Juge Céleste avait rendu son arrêt.

Le magistrat posa le manteau de Souen sur le
rebord de la fenêtre et s'en alla. Après le petit
déjeuner, il rédigerait son rapport : le taoïste
s'était penché pour apercevoir l'ours et avait
perdu l'équilibre.

Comme il regagnait le palier, des pas rapides
annoncèrent l'arrivée de Tao Gan. Une expression
de triomphe sur le visage, son lieutenant cria :

— Votre Excellence n'a plus besoin de chercher
Mo Mo-té. J'ai enfin mis la main sur lui!

Il mena le juge dans le second couloir. Un
solide gaillard vêtu d'un froc de moine gisait sans
connaissance sur le plancher, les pieds et les

mains liés ensemble. Le magistrat reconnut les traits moroses de l'homme qu'il avait vu en compagnie du vieux moine, lors de sa seconde visite à la resserre.

– Où as-tu déniché cet oiseau-là? demanda-t-il.

– Il s'est faufilé par ici quelques minutes après que Votre Excellence fut montée chez Maître Souen. Mais c'est un petit malin, il m'a fallu le suivre longtemps avant de pouvoir lui passer ma cordelette cirée autour du cou. Ensuite, je n'ai eu qu'à tirer un peu fort sur le nœud coulant, pftt... monsieur s'est évanoui comme une femmelette et je l'ai solidement ficelé.

– Eh bien, tu peux le détacher maintenant. Ce n'est pas notre homme. Je me suis trompé sur son compte depuis le début. Il se nomme Liou et appartenait avec sa sœur à une bande de vagabonds. De temps à autre, il travaille pour son propre compte comme acteur ou comme moine mendiant. Il ne vaut probablement pas cher, mais c'est dans un dessein louable qu'il s'est introduit dans le monastère puisque son but était de venger la mort de sa sœur. Quand tu l'auras libéré, viens me rejoindre sur le palier, je n'en puis plus.

Laissant Tao Gan stupéfait, il alla s'installer sur un banc de bois et appuya sa tête contre le mur.

Lorsque son lieutenant arriva, le juge le fit asseoir à son côté et commença le récit de sa dernière aventure.

Quand il eut décrit la chambre secrète et résumé sa conversation avec Souen Ming, il conclut :

– Suis-je vraiment à blâmer d'avoir mis si longtemps à comprendre que le casque de l'inconnu était en réalité la chevelure d'argent de Maître Souen? Je ne le crois pas. Quel rapport pouvait-il exister entre ce haut personnage de réputation irréprochable et les crimes sordides sur lesquels j'enquêtais? J'aurais dû cependant y voir clair quand Vraie-Sagesse admit qu'il avait pris part à des actes contraires aux bonnes mœurs.

Tao Gan écoutait le juge d'un air perplexe.

– Je ne vois pas comment la culpabilité du Supérieur impliquait celle de Souen Ming, finit-il par déclarer.

– Un homme aussi intelligent, aussi perspicace que Maître Souen ne pouvait pas ignorer ce qui se passait dans le monastère. Au cours de la petite conversation que nous avons eue ensemble après la mort de Vraie-Sagesse, il a insisté sur le fait qu'il ne quittait jamais sa bibliothèque et ne prenait pas part à la vie de la communauté. Cela aurait dû me mettre d'autant plus la puce à l'oreille que Vraie-Sagesse m'avait dit le contraire. J'aurais dû en conclure que le taoïste mentait, qu'il avait joué un rôle important dans l'affaire et que, se voyant sur le point d'être dénoncé par le Supérieur, il l'avait précipité dans le vide pour lui clore à jamais la bouche. Peu après – en buvant une tasse de thé avec Tsong Li – j'eus la vague impression qu'un détail ne cadrait pas avec le reste, mais il a fallu la soucoupe brisée pour me mettre sur la voie!

Le juge soupira, puis reprit après avoir étouffé un bâillement :

– Le Taoïsme a poussé très loin l'étude des mystères de la vie et de la mort, mais la connaissance de tels secrets risque de donner à ses adeptes un orgueil qui fait d'eux des démons impitoyables, et leurs profondes spéculations sur les éléments féminins et masculins dégénèrent parfois en dégradantes pratiques sexuelles. L'homme est-il fait pour connaître le mystère de la vie, et la possession de ce genre de secret le rendrait-il plus heureux? Toute la question est là, Tao Gan! Le Taoïsme est une doctrine très élevée; il nous enseigne à rendre non seulement le bien pour le bien, mais aussi le bien pour le mal. Je crains cependant qu'il ne soit trop tôt pour appliquer un tel programme. Pour l'instant, c'est un rêve. Un beau rêve... mais un rêve. Quant à moi, Tao Gan, je préfère suivre notre Maître Confucius dont la sagesse pratique est mieux adaptée à notre nature. Répondons au bien par le bien, mais au mal opposons la justice!

« Bien entendu, il serait stupide de nier l'existence de certains phénomènes surnaturels. Quoique, dans la plupart des cas, nous finissions toujours par leur découvrir une explication parfaitement naturelle. Témoin ce qui m'est arrivé au début de la nuit. En traversant le couloir où tu viens de déposer Mo Mo-té, j'entendis murmurer mon nom : je pensai tout de suite aux fantômes des rebelles massacrés à cet endroit et je crus que c'était l'annonce de ma mort prochaine. Un peu plus tard, je rencontrai Mo Mo-té dans la resserre; il venait d'y échanger son costume de guerrier pour une robe de moine, et un vieux religieux l'accompagnait. Je me rends compte à présent que ces deux hommes parlaient de moi et qu'un phénomène d'acoustique m'avait fait entendre leurs paroles à l'autre bout du couloir.

– Parfaitement exact! lança une voix rauque. Mon camarade me conseillait de vous informer du meurtre de ma sœur. Mais je ne suis pas si naïf! Je sais bien que les fonctionnaires de votre espèce ne prennent jamais le parti des pauvres gens.

Le juge leva les yeux vers la silhouette menaçante.

— Vous auriez mieux fait de suivre le conseil de votre ami, dit-il calmement. Cela nous aurait épargné bien des ennuis à l'un et à l'autre.

Mo Mo-té jeta au juge un regard venimeux. Promenant ses doigts sur la marque rouge qui encerclait son cou, il fit un pas vers lui.

— Qui a tué ma sœur? demanda-t-il.

— J'ai découvert l'assassin, répondit sèchement le magistrat. Il a confessé son crime et je l'ai condamné à mort. Votre sœur est vengée, vous n'avez pas besoin d'en savoir davantage.

Mo Mo-té tira prestement un long couteau de sa robe. Le plaçant contre la gorge du juge, il dit d'une voix sifflante :

— Si tu ne parles pas, chien de fonctionnaire, tu es mort! Qu'es-tu pour ma sœur? C'est moi, son frère, qui punirai l'assassin.

Le juge Ti se croisa les bras. Son regard autoritaire fixé sur le faux moine il dit en détachant les mots :

— Je représente la loi, Mo Mo-té. C'est moi qui exerce la vengeance. Baissant les yeux, il acheva sur un ton soudain très las : « Et un jour je rendrai compte de mes actes à quelqu'un de plus grand que toi. »

Fermant les paupières, il laissa retomber sa tête contre le mur.

La main de Mo Mo-té se crispa sur le manche de son arme. Tao Gan vit blanchir la jointure des doigts et la sueur perler sur le front bas de l'homme.

Une interminable minute s'écoula ainsi, puis l'acteur remit le couteau dans sa robe.

— Alors, je n'ai plus rien à faire ici, grommela-t-il, et tournant les talons, il se dirigea vers l'escalier en titubant.

Il y eut un nouveau silence. Le juge rouvrit les yeux et dit à Tao Gan d'une voix morne :

— Oublie tout ce que je t'ai raconté. Officiellement, c'est le Père-Abbé qui a tué les trois jeunes filles et emmené Mademoiselle Kang dans la Galerie des Horreurs avec la complicité de Madame Pao. La mort de Souen Ming a été accidentelle. Nous devons penser aux trois fils qu'il laisse et ne pas rendre sans nécessité la vie d'autrui intolérable. Trop de personnes détruisent déjà la leur sans qu'on les y aide.

Pendant un long moment, le juge et son lieutenant écoutèrent le chant des religieux qui montait de la nef. Des coups frappés sur un gong de bois ponctuaient à intervalles réguliers la mélopée funèbre. Le magistrat réussit à saisir les paroles du refrain, répétées avec une monotone insistance :

> *Mourir, c'est regagner le foyer,*
> *Le foyer paternel;*
> *Goutte d'eau qui rejoindra le fleuve,*
> *Le grand fleuve éternel.*

Le juge Ti se leva enfin.

— Va jusqu'à la resserre, dit-il, et bloque la serrure à secret. Il ne reste qu'une statue mangée aux vers dans la chambre cachée et, de toute façon, j'interdirai que des images de femmes nues figurent dans les Galeries des Horreurs. Cette chambre n'inspirera plus de mauvais desseins à personne. Va, nous nous retrouverons après le petit déjeuner.

Tao Gan partit aussitôt. Le juge l'accompagna jusqu'à la fenêtre où il avait laissé le manteau de Souen Ming. Tandis que son lieutenant allait exécuter l'ordre reçu, il ouvrit les volets tout grands.

En bas le calme était revenu. Une forme sombre plongea soudain dans la courette, suivie par une autre. Les vautours de la montagne venaient de découvrir une proie.

Le juge regagna le rez-de-chaussée. En arrivant sur le perron du Temple, il leva les yeux. L'aube commençait à strier de rose le gris du ciel.

Il continua son chemin vers l'aile orientale. Devant l'entrée de la petite cour, il s'arrêta brusquement : une main sanglante était posée sur le sommet de la porte. L'espace d'un instant, il imagina Souen Ming accroché au battant de bois dans un effort désespéré pour fuir une mort atroce... puis un vautour fondit du ciel et emporta vers la montagne le pauvre lambeau de chair.

Le magistrat gravit avec peine l'escalier du second étage. Chaque pas était un supplice et il dut interrompre son ascension à plusieurs reprises pour souffler un peu. Quand il frappa enfin à la porte, il vacillait sur ses jambes.

Dans l'antichambre, les petites servantes ranimaient les braseros pour préparer le riz du matin.

Le juge gagna la chambre à coucher. Les rideaux n'étaient pas encore ouverts et, à la clarté des bougies, la pièce lui parut douillette et chaude. Ses trois épouses venaient de se lever. La Première était assise à la table de toilette, le buste découvert, et ses compagnes encore en costume de nuit l'aidaient à se coiffer.

Le juge s'assit pesamment devant la table à thé. Il retira son bonnet et défit le bandage pour tâter sa blessure. Comme il remettait sa coiffure avec précaution, la Troisième demanda d'un ton anxieux :

— Mon emplâtre a-t-il eu un bon effet?

— Il m'a tout simplement sauvé la vie!

— J'étais sûre qu'il vous ferait du bien, dit-elle, heureuse. Lui tendant une tasse de thé bouillant, elle ajouta : « Je vais ouvrir les volets. J'espère que la tempête est finie. »

Tout en savourant son thé, le juge suivait du regard les mouvements gracieux de la Première Épouse nattant ses longues tresses devant le miroir en argent poli que tenait la Seconde. Il se passa la main sur les yeux. Dans cette paisible atmosphère, les horreurs de la nuit ne paraissaient plus être qu'un désagréable cauchemar.

La Première Épouse tapota une dernière fois ses cheveux et remercia sa compagne. Refermant le costume de nuit sur ses jolis seins, elle s'approcha de son mari pour lui dire bonjour. En voyant ses traits tirés, elle s'écria :

— Vous semblez mort de fatigue! Qu'avez-vous bien pu faire depuis hier soir? Je vous ai vu fouiller dans le coffre à médecine. Y a-t-il eu un accident?

— Quelqu'un a eu un malaise, répondit le juge sans préciser. J'ai eu à m'occuper de différentes choses, mais à présent tout est rentré dans l'ordre.

— Vous n'auriez pas dû vous promener toute la nuit avec ce rhume, le réprimanda-t-elle. Je vais vous préparer immédiatement un bol de gruau, cela vous fera du bien! En passant devant la fenêtre ouverte, elle jeta un coup d'œil au dehors.

– Nous allons avoir un charmant voyage de retour, dit-elle gaiement, la journée s'annonce magnifique!

NOTE

L'indice des « pupilles du chat » dans *le Monastère hanté* m'a été fourni par une anecdote sur le peintre-lettré de l'époque Song, Ngeou-yang Sieou (1007-1072 ap. J.-C.).

Ngeou-yang Sieou possédait un tableau ancien représentant un chat au milieu de pivoines, et il faisait volontiers remarquer que l'artiste avait dû peindre cette œuvre au milieu de la journée... comme le prouvent l'étroite fente des yeux du chat et l'air penché des pivoines.

Les auteurs des anciens romans policiers chinois étaient en général des lettrés disciples de Confucius. C'est pourquoi cette littérature montre une partialité si évidente en faveur du confucianisme, trait que j'ai adopté dans mes histoires du juge Ti. Les théories confucéennes et taoïstes auxquelles il est fait allusion dans *le Monastère hanté* correspondent à ce qu'on peut lire dans les textes chinois authentiques.

R.V.G., 1963.

TABLE

LA COMPOSITION, L'IMPRESSION ET LE BROCHAGE DE CE LIVRE
ONT ÉTÉ EFFECTUÉS PAR LA SOCIÉTÉ NOUVELLE FIRMIN-DIDOT
MESNIL-SUR-L'ESTRÉE
POUR LE COMPTE DES ÉDITIONS U.G.E.
LE 10 MAI 1985

Imprimé en France
Dépôt légal : mai 1984
N° d'édition 1500 – N° d'impression : 2496
Nouveau tirage 1985